# マリコ、アニバーサリー

林 真理子

文藝春秋

目次

HILLTOP HOTEL

1000

装画　兒島衣里
装丁　山本翠

# マリコ、アニバーサリー

# 初心者

あけましておめでとうございます。

本年もどうぞよろしくお願いいたします。

さて、このエッセイを長年ご愛読いただいている方ならご存知だと思うが、私は正月に関しては超保守派である。

独身の頃は必ず帰省し、氏神さまに初詣でに出かけた。結婚してからはおせちをつくり（買い）、雑煮《ぞうに》は夫のルーツの地方の味。

大晦日はもちろん紅白を見る。子どもと激しく争っても見続けた。他の局に浮気したことがない。

ところが最近私のまわりで、紅白を見ない人が急に増えた。

「知らない人ばっかりなんだもの」

というのがその理由である。友人のひとりは、

「五木ひろしが出ない紅白なんて」

と憤り、昨年から〝年忘れ〟なんとかにしているそうだ。

「やっぱり演歌はいいわよ。そこへいくと紅白なんて、聞いたこともないような歌手ばっかり。NHKって、年寄りをもう見限っているんじゃないの」

そうかなあ、今回の紅白はとても面白かったと思うけれど。

「これがKing Gnuか、これがback numberか……」

といろいろ教えてもらった。

「SEKAI NO OWARI」の「Habit」のダンスシーンは圧巻だったし、ついこのあいだまで知らなかった、「Vaundy」のすごさにびっくり。

彼はこれ以外にも、「milet」、「Aimer」、幾田りらちゃんらをプロデュースして四人で歌った。このコラボシーンが本当に素晴らしくて、何回も再生して見た。若い才能が呼応し合い、昂《たかぶ》り、ものすごいエネルギーを生み出しているのがわかる。

別に若ぶって言っているわけではない。しかし言いたい。

「年寄りこそ紅白を見よう」

確かに似たようなグループが多く、ちょっと飽きる時もある。しかし見る。これが現代だ、これが若いエンターテイメントだということを知る、一年に一度の大切な機会である。

ユーミンを見てほしい。あれだけの大御所でありながら、今回はＡＩによる荒井由実とのコラボという挑戦をしているのだ。

加山雄三さんも最後のステージに立ったし、桑田佳祐さん、佐野元春さんらレジェンドたちがたっぷりと歌声を聞かせてくれた。

私らはＮＨＫ受信料をちゃんと払い続けているんだし、年に一度のこの大イベント、たっぷり楽しまなければ損だと思うのであるが。

ところで、昨年の暮れのこと、ふと思った。

「ウエノ先生に会いたいなあ……」

先生は高校三年間私の担任であった。本当に可愛がっていただき、卒業後もいろいろとお世話になった。しかしこの数年お会いしていない。

先生は確かもう九十を過ぎているはず。そうなると気が急いて同級生のフジハラ君に電話した。

「お正月に機会をつくってくれない」

「先生とはこのあいだ、山梨でゴルフを一緒にしたばっかりだから話しとくよ」

まだふつうにゴルフをされているという。彼はすぐに連絡をつけてくれ、

「正月三日なら空いてるって。他にも誰か呼んどくよ」

ということで、六人のミニ同級会となった。

朝の九時半に、フジハラ君が車で迎えに来てくれた。下りの中央高速はわりとすいすいといく。途中の小さなサービスエリアで降り、二人で富士山を眺める。真白い雪をいただいた神々しい富士山。

「今年はオレたちもいよいよ古希だよなー」

「私はひとつ下だよ……学年は一緒だけど」

悪あがきする私。

「だけどさ、オレたち、いい時に生まれたよなー。そう思わない？」

「確かにね」

「オレなんかさー、バブルが始まる頃に商社入ってさ、いろんなとこ行ってさー。楽しかったよなー。こんなど田舎に生まれたオレたちがさ、世界見たよね」

「そう、そう。私も世界中いろんなところに行ったよ。フジハラ君がベルギーに赴任してた時も、サナエちゃんと一緒に行って泊めてもらったよね」

二人でしばらく思い出話にひたる。

「この日本の国力の下がりようを見ろよ。もう信じられないような国になってるじゃないか」

「本当にそうだよね。だけどね、私はまだチャンスはあると思ってるんだ。このままでは終わらないよ。きっと何かがある」

ということで、二人で甲斐国一宮の神社へ詣でることにした。おかげで会場のお鮨《すし》屋さんに十分遅刻。ウエノ先生をお待たせしてしまった。

ウエノ先生は七十代から時間が止まったようだ。背筋はぴしっと伸びて、顔も昔のまま。月に三、四回はゴルフをされるそうだ。

頭も言葉も全くクリアである。さすがラグビーの名監督だけある。それにひきかえ、私の同級生たちはすっかりおジイさんになっていた。

一人調子にのって酒を飲み続け、

「もうやめとけ。おまんはちっとも変わってないな」

と先生に叱られていた。

先生が言うには、不出来な生徒ほど、よく憶えていて可愛いそうである。まさに私たちのクラスがそう。

「今だから言うけんど」

と前置きして、

「クラス替えの時、他の先生から、何とかしてくりょう、というのを全部オレが引き受けた」

そうである（女子は少数だから別）。

何人かは家出したりして、本当に迷惑をかけたはず。そんな話をして笑いころげた。同級会が楽しいのはジジババの証拠だろう。が、臨機応変、Ｖａｕｎｄｙに心震わせることも出来る。だって私たちまだ老人初心者。

# オールドメディア

テレビの前にぼーっと座っていた正月。何年ぶりかにEテレの「ウィーン・フィル　ニューイヤーコンサート」を見た。

楽友協会で毎年やるあれですね。ついステージの右側を見てしまう。あそこに毎年、着物姿の日本女性とそのご主人とが座っていらしたものであるが、さすがにもういない。

白人ばかりになっていた。後ろからカメラがいくと、スマホをかざしている人がいて驚いた。マナーが悪い。

ウィーン少年合唱団も出演していた。最近はウィーン少女合唱団というのもある。が、変声期前の少年の声と、少女の声は同じだから一緒にしてもいいような気がする。

観客とは逆に、ウィーン少年合唱団の方はバラエティ豊か。アジア人や中東系の少年がかなり目立ち、時代を感じる。

私が小学生の頃、ウィーン少年合唱団というのは、今のBTSと同じような人気を誇っていた。「りぼん」や「なかよし」のグラビアによく載っていた。附録にだって「ウィーン少年合唱団下敷き」なんていうのがあった、と記憶している。

当時は金髪で青い目の少年ばかりで、本当に西欧の王子さまのよう。彼らのフルネームを必死で憶えたあの頃が懐かしい。映画だってあったはず。

そうそう、変わったといえば、お正月特別企画「はじめてのおつかい」でも、小さな発見が。

私はかねがね、女性のスカートの中を盗撮していた、という事件を見聞きすると、

「こういう時、『はじめてのおつかいのロケなんです』って、誤魔化《ごまか》す人がいるんじゃないかなあ」

とつまらぬことを考えることがあった。

「はじめてのおつかい」では、子どもの姿をとらえるために、道路に座り込んでカメラを構えたり、買物カゴの中にレンズを隠したりする。

逆に、

「こういうスタッフが痴漢に間違えられたら大変だろうな」

と心配になることも。

ところが久しぶりにテレビを見ていたら、カメラを持つスタッフが、全員首からカードをぶ

らさげているではないか。おそらく、

「はじめてのおつかい　撮影中」

みたいなことが書かれているに違いない。

またこれとは別に、いろいろな番組で画面の下のテロップが、やたら増えていることにも気づく。

タレントさんが何か口に入れ、感想を口にする。

「甘くてまろやかー。めちゃくちゃおいしいです」

するとこんな文字が。

「個人の感想です」

そんなことわかっている。こんな注意書きがなされるのは、今までは通販番組だけだったのに。

また店先やデパ地下で、ものを食べると、

「特別の許可をいただいて撮影しています」

温泉のシーンでタオルを巻いて入ると、

「今回特別にタオルを着用しています」

このあいだは子どもに取材中、

「未成年の方には、保護者の許可をいただいています」

いかに多くのクレームが寄せられているかという証だろうと、私はこうしたテロップを見るたび、つくづくテレビ関係者に同情してしまうのである。

ところで私は、最近ネットフリックスを自分に禁じた。限りなく私の時間を奪い取っていくからである。ネットフリックスは、面白いプログラムを最後まで見続けると、あっという間に次回が始まる。吸い込まれるようにシリーズを見てしまう。

『ハリー&メーガン』なんて、一回だけでやめておこうと思っていたのに、ついずるずると見てしまった。

メーガンを好きな日本人はあまりいないと思う。人の和を貴ぶ日本人にとって、ああいう自己主張の強い女性はちょっと……という感じではなかろうか。実は私もそのひとりであったが、このプログラムを見ていくと、

「なるほど、こういう言い分があったのか」

と次第に頷《うなず》いていくのである。

まずパパラッチがひどい。日本の週刊誌などメではない。暴力的ともいえる取材のやり方と書きようだ。

これでは島に住みたくもなるだろうし、セキュリティも要求したくなってくるだろうとつい思ってしまう。おまけに、有色人種の社会的活動やフェミニズムも出てきて、なんというか、メーガンへの偏見や非難を歴史的観点から見ようとする。

メーガンという人は、非常に聡明で向上心が強い。いい意味で上昇志向もすごく持っている。典型的な「デキるアメリカ人女性」であろう。こういう人は、イギリスの王室というところには向いていない。が、王子さまと恋をしちゃったのだから仕方ない。

ハリー王子のご先祖も、離婚歴あるアメリカ人女性に夢中になった。そして王位まで捨てたのである。

あの有名な王冠を賭けた恋だ。このお相手のシンプソン夫人は、私から見ると、それほど美人とも思えない。エラが張っていて個性的な顔立ちだ。映画『英国王のスピーチ』でも完全に悪役になっている。

しかし王室に育ったやんごとなき方は、アメリカ女性のバイタリティ、率直さに魅せられていくようである。そして歴史は繰り返された。

「ハリーとメーガンコンビ、そんなに好きじゃなかったけど、まあ、仕方ないかなと思うことあるよ」

などと友人と話しているうちに、ハリー王子は先日暴露本と呼ばれる自伝を出版。ネットフリックスで少し持ち直した二人の好感度もこれでガタ落ちとか。

しかし戦略にたけた二人が自己PR決定版のために選んだのが、本というオールドメディアなのが面白い。テレビと並んでやはりこの二つは永遠なのである、と思いたい。

# トガった場所

このたび「週刊朝日」が五月末で休刊、ということに決まった。百年の歴史と伝統ある雑誌である。私は長いことこの誌面において、対談の連載をさせていただいていた。

大学の仕事に就いてからは、「随時掲載」ということになったが、それでもレギュラー陣であることには変わりない。

「週刊朝日」は、朝日新聞を読んでいるインテリ家庭が、新聞と共に購読していることが多い。人気連載も多かったのに。休刊というのはやさしい言い方で、実際は廃刊ということ。まことに残念である。

もの書きにとって、つらく悲しいのは、連載している雑誌が休刊になるということだ。この仕事を四十年もやっていれば、二回か三回はそういうことがある。

ある日編集長が暗い顔でやってきて、

「実は……」

と頭を下げられるのだ。

自分の連載が打ち切られるよりも、もっとショックかもしれない。

「もっと私の連載が人気なら、こんなことにならなかったかもしれない」

などと思ったりしたものだ。

今はもっと深刻かもしれない。私のＬＩＮＥにも、ニュースを聞いた他の編集者から、

「ひとつの出版文化の終わりですね」

「これでドミノ式に、休刊が増えていきますね」

とせつない声が届いている。

二十年、三十年前の休刊なら、

「時流にうまくのれなかったのね」

「編集方針がまずかったのか」

などと言い合ったりしたが、今のこの出版不況の中、

「ついにこんなところにも、来てしまったんですね」

ということになる。

そもそも私は週刊誌が大好き。うちには女性週刊誌も含めて何冊か送られてくるが、それを

持ってお風呂に入るのは、私の至福の時である。

週刊誌は軽いうえに、濡れてもまあ惜しくはないのでそれをめくりながらゆったりとバスタブにつかる。毎日四十分から一時間、お風呂につかっているのではないだろうか。

この「週刊文春」も、〝お風呂の友〟とさせていただいているが、あとで連載ページは切り取るので、出来るだけ濡らさないようにする。そうそう、「週刊朝日」の休刊を聞いた時、

「おたくは大丈夫ですよね」

と、つい担当者に聞いてしまった。

「大丈夫です、安心してください」

という返事。そう、いちばん売れている一般週刊誌ですものね。

世間の人はご存知ないであろうが、「週刊文春」のように、毎回スクープをとばすのは、ものすごくお金と労力がいることだそうだ。フリーの記者やカメラマンも、たくさん雇わなければならない。

それが大変なので、他の男性週刊誌はこの頃、

「長生きするための喉の鍛え方」

とか、

「年金のいちばん得なもらい方」

みたいな特集ばかりになっている。残念だ。雑誌というのは、広告の見出しを見ただけでも

時代の最先端をいき、華やかと感じるものでなければ。

そう、私は週刊誌に限らず雑誌が大好きなんだ。今、雑誌はスマホやタブレットで見る人が多いがとんでもない話で、ファッションやインタビュー記事などは、ちゃんとグラビアで見ないと見た気がしない。

ところで私はもう三十数年、マガジンハウスの「ａｎａｎ」という女性雑誌に連載している。この「週刊文春」はギネス記録となるほど長い連載であるが、「ａｎａｎ」もそれに続く。

私の若い頃は、「マガハ文化」全盛、「ａｎａｎ」はもちろん、「ＰＯＰＥＹＥ」に「ＢＲＵＴＵＳ」「Ｏｌｉｖｅ」と、名を挙げただけで懐かしさがこみ上げてくる。

当時のマガハの編集者、出入りするフリーランスの人たちの力のすごさといったらなかった。

「『ＢＲＵＴＵＳ』の編集者が出入りしている」

ということで、お店の人気が上がったのである。連載を始めたバブルの前夜、担当編集者と毎晩のように一緒に夜遊びをした。東京ベイのカフェバー、ビリヤードバー、会員制の秘密のバー、懐かしいなあ……。

その少し前の頃、私はまだデビューしていなかった。フリーのコピーライターとしてセントラルアパートの糸井重里事務所に通っていた。

セントラルアパートは、原宿の交差点にあって、有名クリエイターが何人も事務所を構えていた。その華やかなことといったらない。一階の「レオン」という喫茶店には、上から降りてきたカメラマンやデザイナーがたむろし、ゲーム「パックマン」はここから流行ったと言われている。

私はフリーだったので、いろいろなところから仕事をちょこちょこもらっていた。セントラルアパートに事務所を持つデザイナーの奥村靫正《おくむらゆきまさ》さんからは、小さなコスメティックの会社のポスターやパンフレットを頼まれていた。この奥村さん、ミュージシャンと関わりが深く、初期のYMOのアルバムのデザインをしていた。

ある日事務所に行くと、メンバーの一人である高橋幸宏さんが打ち合わせに来ていた。奥村さんはランチに私も誘ってくれ、コープオリンピア一階の南国酒家に行ったと記憶している。芸能人とご飯を食べたのは、それが生まれて初めてであった。奥村さんはそのすぐ後、私のデビュー作『ルンルンを買っておうちに帰ろう』という本の装丁をしてくださった。

「アメリカのペーパーバックのようにしよう」

というコンセプトはあたって、おしゃれな本と言われたものだ。

私だって昔は、最先端のサブカルの近くにいたのだ。高橋さんの訃報を聞いてつくづく思った。今はただの作家だけど。

ずうっとトガった場所で活躍するのはどれほど大変なことか。そこにいらした高橋さんとはそれから二度と会うことはなかった私である。

# ドミンゴの涙

盛岡の友人がＬＩＮＥを送ってくれた。なんでもＮＹタイムズが、

「いま行くべきところ」

として盛岡を絶賛したそうだ。

確かにあそこは自然が豊かで街並みも美しい。食べ物もおいしいものが揃っている。ただし一度、老舗《しにせ》のわんこそば屋さんに行ったところ、次の団体が来るまで座敷に座ったまま四十分待たされたことがある……。

まあ、そんなことはいいとして、盛岡を勧める、というのはいいチョイスであろう。有名観光地ほど混んでいないし、地元の人も素朴でやさしい。

「新幹線でさっと行けるのもいいよなー。そのうちに私も行こう」

などとぼんやり考えていたら、ＮＹタイムズのおかげで、外国人客がどっと増えたとネット

ニュースに出ていた。わんこそばを食べている写真が載っていたが、ちゃんとおもてなしをしてくれたんでしょうね。

外国人客といえば、友人と大相撲の千秋楽を見に行った。じっくり取組を見られる土俵のすぐ下、溜席もいいが、飲み食いが出来る枡席はやはり楽しい。このところお酒も解禁されて、ビールと焼き鳥を楽しみながらの観戦という至福も戻ってきた。

そのうちに友人の携帯にＬＩＮＥが。

「ハヤシさん、焼き鳥囓《かじ》ってるとこ、ばっちり映ってますよ」

まあ、席番号を教えたので見つけたのであろうが、このあたり、わりとカメラがとらえていることがわかった。

「お隣りのインド人の一家、さっきから何度も〝抜かれて〟ますよ」

抜かれる、というのはテレビ用語で、カメラが特別にとらえる、ということをいうらしい。なるほど、夫婦に可愛らしいお嬢ちゃんのインド人の一家は絵になるであろう。

友人はインド人一家に自分の携帯を見せた。

そこには知り合いが送ってくれたテレビの画面の写真が。楽しそうな一家の様子がしっかりクローズアップされている。

「キャー！」

「ウソーッ（らしき英語）」

と大喜び。友人は一家に言う。

「あなたたちはもうテレビスター」

一家はニコニコして手を振りながら帰っていった。ささやかな触れ合いだが、これで日本が好きになってくれるといいなあと思う。

今日は有明の東京ガーデンシアターに、

「パヴァロッティに捧げる奇跡のコンサート　プラシド・ドミンゴ&ホセ・カレーラス」を聴きに行った。一日だけのコンサートだ。友人を誘ったら、

「年寄りの出稼ぎじゃん」

とわりとネガティブな意見。

音楽ジャーナリストの池田卓夫さんに声をかけた。彼は長い文化部記者時代、イヤというほど彼らの舞台を見て、インタビューもしている。ＯＫしてくれたが、正直何も今さら、という感じだったのではなかろうか。

おまけに席は、Ｓ席にもかかわらずなんと四階。広大なライブ会場は、二階のアリーナ席こそほぼ埋まっているが、上の方はかなり空席が目立つ。私は昔、国立競技場で聴いた三大テノールを思い出した。

「やっぱりもう埋まらないんだね……」

はっきり言ってそう期待していなかった。

コンサートが始まる。身動き出来なくなった。ドミンゴの声の艶《つや》、声量、そして色気に圧倒される。テノールからバリトンのパートになっていても、らくらく声が出る。カレーラスも最初は枯れたー、という印象だったが、次第に調子をとり戻し、情感たっぷりに名曲を歌ってくれた。

二人の他に、売り出し中の若いソプラノ歌手がいたが、あまりの美声にびっくりだ。コロラトゥーラも難なくこなす。

『椿姫』の二幕め、アルフレードの父親とヴィオレッタとの二重唱。ドミンゴが父親役とは私は感無量である。

「でも四年前、メトロポリタンで観た時、お父さん役のドミンゴが現れたら、ずうっと拍手が鳴りやまなくて指揮が止まったんだよ」

と、池田さんが休憩時間に教えてくれた。

「ドミンゴ、八十代でこの声、このカッコよさ。カレーラスも七十代なのにすごい。まさしく奇跡だよ」

そしてしみじみと言った。

「いやあ、なんとも素敵な美しい黄昏を見せてもらったなあ」

アンコールの「川の流れのように」を聴きながら、私の中にさまざまなドミンゴが甦える。ウィーン、ニューヨーク、バルセロナオリンピック閉会式、北京で観た彼。「週刊朝日」で対談も出来た。友人のうちのホームパーティーでも会ったのは自慢。そんなことより、東日本大震災の後、キャンセルばかりの歌手の中、ドミンゴはちゃんと来てくれて、コンサートの最後に「ふるさと」を歌ってくれた。あれには泣いたよな……。

アンコールは続き、拍手は鳴りやまない。

「見てごらん、ドミンゴが涙ぐんでるよ」

池田さんがスクリーンを見てささやいた。本当に目がうるんでいる。

「ドミンゴは本当に日本が好きなんだ。今回も出稼ぎなんかじゃない。コロナで行けなかった日本に来たかったんだよ。明日はすぐに京都かどこかに行くはずだよ」

帰り道、池田さんはいろいろなアーティストの名を挙げて言った。

「最初はみんな、日本は単なる世界ツアーのいち都市なんだ。だけどやがて日本が大好きになって、しょっちゅうやってくるようになる。日本には本当に音楽を愛して、深く理解している人たちがいる、っていうことを知って彼らは感動するんだよ」

この頃みんなこの国の将来に対して悲観的であるが、私はそう思わなくなってきた。こんなに世界に好かれる国が、再生しないはずはないと考えるのだ。

「いいコンサートだったね」

私たちは幸せな気分で夜道を歩いた。

# 親孝行

ことさらに寒い今年の冬。

しっかり食べないと、今日いちにちちゃんと働けない。

しつこく書いているが、のんべんだらりと過ごしていたフリーランス時代と違い、今、私は勤め人となっているのだ。ちゃんと頭と体を動かさなくてはならない。

そんなわけで、しっかりと炭水化物を摂る。太るの何のと言われても、これはしっかり食べなくてはならない、と私は考える。

お正月のお餅がまだ残っているので、これを二切トースターで焼く。そしてお歳暮でいただいた海苔で巻くのだが、これがおいしいのなんのって……。

海苔はあの「和光」の海苔だ。世の中でこれほど美味しい海苔を食べたことがない。夫など、

「この海苔とつくだ煮さえあれば、おかずはいらない」

と言っているほどだ。

そしてこの特別製の磯辺焼きを食べながら、朝ドラを見るのが私の習慣だ。

「舞いあがれ！」に登場する女のコたちが、あまりにもいいコたちなので、毎朝驚いている。

前回の「ちむどんどん」のヒロインは、朝ドラ史上に残る「かわい気のないコ」であった。

その反省を含めてか、今回のコたちは泣きそうになるくらいいいじらしい。

主役の舞ちゃんは、子どもの頃から夢だったパイロットになるべく、難関の航空学校に入る。

そして無事に就職試験もパスするのだ。

しかしその時、お父さんが亡くなり、町工場の社長となったお母さんを助けるべく、なんと内定を辞退するのだ。

これに苛立った恋人から、別れを告げられる。

「一緒に空を目指せて幸せだった」

とかなんとか。

私など失意の彼女を励ますのが、彼氏の役割だと思うのだが。

しかし舞ちゃんはけなげで、お母さんを助けて工場の営業をし、おうちで夕飯をつくり二人で食べる。母娘は助け合い本当に仲よし。

親友の久留美ちゃんは、ダメなお父さんのプライドを守るため、医師の婚約者に別れを告げた。

あまりにもいいコたち過ぎるような気もするが。私など舞ちゃんに、

「もっと自分勝手に生きたっていいんじゃないの。あの工場は、最初の計画どおり、売ってマンションにしてもいいかも。そのお金で、皆に退職金を払い、お母さんものんびり生きる。そして舞ちゃんも夢だったパイロットになる。それじゃいけないんだろうか」

とつい思ってしまうのである。

世の中はこんなにいいコばかりではない。よく子どもは親に悪態をつく。

「ママ、大嫌い」

「うざいんだよ」

〝ババア〟と言われたと嘆くママ友に、私はこう言って慰めた。

「ひどいこと言われて、睨《にら》まれるのは確かにイヤだろうけれども、それはお母さんを全面的に頼って信頼している証拠。これは専門家から聞いた話だけど、虐待されている子どもは、絶対に、お母さんキライ、とか、うるさい、とか言わないんだって。ただひたすら、

『お母さん、大好き』

と言うそうだよ。それはとてもせつない話だよね。思春期を過ぎれば、きっとお母さんをいたわる言葉が出るよ」

そうなるように祈るばかりである。

そんな時、女性雑誌の編集者が打ち合わせにやってきた。この雑誌は、四十代のおしゃれな

女性をターゲットにしていて、雑誌が次々と休刊になる中、部数を維持しているという人気雑誌。

「ハヤシさん、うちの雑誌はいま、『息子の彼氏化』というのが、トピックスになっているんですよ」

「へえー」

「息子と二人でお出かけして、仲よく買物したりお茶飲んだりするんですよ。すごい人たちになると、ペアっぽい服を着たりします」

そういえば、このあいだ近所の奥さんとばったり会ったら、大学生の息子さんとお揃《そろ》いの野球帽をかぶったりしていたっけ。

「イケメンの息子がいたら、そりゃあ楽しいでしょうね」

お洋服を買ってあげて、表参道なんか一緒に歩く。それから彼女の愚痴なんか聞いてあげる。

「最近さ、こっちを縛ろうとしてすごくイヤなんだ」

「女の子なんて、そういうもんなんだからわかってあげなさい」

とか言って。

ふーむ、どんなにうきうきすることであろうか。以前、日本でいちばんか二番を争うとされる美しい俳優さんにお会いし、芸能界に入ったきっかけを聞いたことがある。

「母が勝手にオーディションに応募したんです」

という言葉にびっくりした。ふつう身内を誉められても、いや、そんな、と謙遜《けんそん》するものである。

ジャニーズに入ったら？　と言うのは、世間の男の子に対する世辞というもので、それを本気にする人はいないと思っていた。しかしこのレベルだと、母親でも認めざるを得ないのか、なるほど……。

私は男の子を持たなかったせいか、十二、三歳の生徒が、制服姿で群れている姿を見ると胸がきゅんとなる。まだ肌もすべすべしていて懐っこい。小柄だ。

どうかこのまま、いじめとかあわずに成長してほしい。不登校にならないで、楽しい学校生活をおくってね、と心の中で祈る私だ。

受験シーズンまっただ中だが、志望校に行けなくても、中学校や高校はこの世にいっぱいある。場所は常に用意されているんだよと、彼らをじっと見送る。ババアとか悪態ついて多少親不孝してもいいから、ちゃんと生きていってねと。

# 贅沢な話

コロナのせいで、最近の高校生たちは相当ストレスがたまっているらしい。

回転ずし屋に行き、他人が注文したおすしにわさびをのせたり、醬油さしをペロペロなめ、その動画を投稿する狼藉《ろうぜき》ぶり。よく成人式でやるような、ワルぶったヒーロー気取り。

後先のことを何も考えないアホぶりには、啞然としてしまう。

画面で顔をさらせば、今日びどういうことになるかわからなかったのだろうか。すぐに学校名や名前をさらされることになる。少年の何人かは親と一緒に謝罪に行ったが、回転ずしチェーンは受け入れなかったようだ。

「謝れば済む問題ではない」

動画はまたたくまに拡散され、回転ずしチェーンの大手・スシローは株価が下がって百数十億の損害が出たそうである。全額弁償ということにはならないであろうが、少年は一生償《つぐな》っていかなくてはいけない、大変な咎《とが》を背負うことになるはずだ。彼がＩＴ企業の創業者にでもならない限り、きちんと払えないのではなかろうか（その後調停が成立）。

厳しいようであるが、全国の青少年にはちゃんとわからせた方がいい。いっときの悪ふざけが、どれほど重大なことをもたらすかについてだ。

大人の社会はきちんとしたルールがあり、それにのっとって大勢の人たちが利益を得て生活している、ということについてだ。おそらく少年たちは、自分たちがユーチューバーの一人になったような錯覚を起こしたのではないか。が、ユーチューバーは、自分で小道具を準備し、許可を得てやっているのである。そこを混同してしまった幼さは、やはりアホとしか言いようがない。

そしてこういう〝失態〟とは別に、私はこの頃よく失言について考える。言葉を扱う仕事をしていることもあるが、私もよくそれをしてしまうからである。

なぜ失言するのか。その理由はあきらかだ。サービス精神によるものである。せっかく私のスピーチを聞いてくれている人たちをちょっと笑わせてみたい。へえー、と思わせたい。この思いが舌のブレーキをはずしてしまうのだ。

しかし作家ならば、わりとそういうことを許される。所詮はアウトローとされているから、本音を口にしても、ギリギリのあやういところで笑いをとることが出来た。

私は何度も先輩のそういう場面に出くわした。みんなもちろんメモなんて持っていない。まわりを見わたし、おもむろに口を開く。

「こんな暮れの忙しい時に、こんな会に来てていいんですかねー」

「さっき本人は、調子のいいこと言ってましたけど、信じない方がいいですよー」

どっと笑いが起こる。

私も真似してみたいものだと思ったりしたが、これはかなり年季がいる。そもそも若かった私に、人前で何か喋る機会などないのだから。

しかし今、充分年とった私は、乾杯の発声をしたり、来賓として挨拶をすることが増えた。大学の仕事をするようになったらなおさらだ。

うちの夫が珍しくいいアドバイスをくれた。

「絶対に下向いて原稿読んじゃダメだよ。ちゃんと顔を上げて喋らないと、聞いてる人には通じないよ。下向いてる政治家に、デキる人なんか誰もいないよ」

そんなわけで、最初の頃は原稿なしでスピーチするようにしていたのであるが、この頃はちゃんと書いたものを読むようになった。というのも、うっかりが心配だからだ。作家なら許された本音やチクリとしたユーモアは、やはりマズいだろうなあと思うようになったからである。

こんな私であるから、政治家の舌禍《ぜっか》事件には無関心ではいられない。

杉田水脈《みお》さんにしても、荒井勝喜《まさよし》首相秘書官にしても、ああいう〝本音〟を堂々と口にするのは、どういう心理ゆえであろうか。秘書官の場合は、オフレコということもあったらしいが、記者とのそんなものは何のあてにもならない、ということはよく知っていたはず。

公の人が絶対に口にしてはいけないことを、ぽろっと言ってしまう行為。それはおとぎ話の「王様の耳はロバの耳」と叫ぶ男と同じだろうか。ある日突然、胸に溜まったものを吐き出さずにはいられない。そうしなければ、ストレスに耐えられないんだろうか。

今朝の朝日新聞「オピニオン&フォーラム」を読んでいたら、エコノミストの人がこんなことを語っていた。

各界のトップが集まる立食パーティーで、岸田総理はじめお歴々が挨拶に立った。それがどれも長くつまらなかった。総理は用意した原稿を読んでいるだけ。

以前の小泉純一郎さんや安倍晋三さんは違っていた。巧みな話術で皆を沸かせていた。しかしこんなトーク文化は劣化してしまった。みんなが安全策をとるから。

「『座談の名手』と言われる政治家が、得てして失言マシンだったりすることもある」

政治家の発言は重い。それはわかっているけれども、ハートに届くスピーチをすることはリーダーにとって大切なこと、とこのエコノミストの方は結んでいる。

が、それはなんてむずかしいことなんだろう。

政治家の方は得てしてサービス精神旺盛である。特に地元の支援者に対しては心を許して、つい面白いことを言おうとする。それがしばしば失言を招くのだ。舌禍はたいてい地方で起こっている。誰もがスマホで録音する時代なのである。

国民はいったいどちらを求めているのか。

巧みなスピーチで盛り上げてくれるが、失言も多い政治家。失言はないが、原稿を読み上げるだけの政治家。不用意な言葉は絶対許さない、と言うならば、後者を選ばなくてはならない。

つまり今の私たちは、岸田さんのスピーチしかない、ということなのである。これだけＳＮＳで監視しながら、スピーチ上手の政治家を求めるのは贅沢というものかもしれない。

# 顔のパンツ

いよいよマスクをはずす日が近づいてきた。

今や「顔のパンツ」と言われるマスク。それをはずすのは、とても勇気のいることではなかろうか。

私もその勇気がない。コロナ禍の間に、マスクの下であきらかに口角は下がり、法令線もくっきり。これを大っぴらにするのもなんだかなあ……。実はコロナ禍が始まった頃、ズボラな私は、

「これで化粧をしなくて済む」

と密かに喜んだものだ。真夏も何ひとつ化粧せず、近くの買物にも行き電車にも乗った。そうしたら頬に大きなシミをつくり、それはまだ消えていない。それを見るたびに大いに反省している。

またコロナの真最中に、大学の組織という全く新しい世界に飛び込んだ。会う人の数もハンパではない。が、彼らとは仕事の上でのおつき合いであるから、飲食を伴《ともな》うことはほとんどない。マスクをしたまま話す。

私はなんとなく彼らの顔の下半分を想像し、全体の輪郭をつくり上げていた。それはすべて過少であったと今にしてみれば思う。

それは薄い唇の穏やかな顔である。

やがてランチを食べたり、お茶を飲む機会がつくり出された。みなマスクをはずす。驚いた。

顔の下半分が猛々しいのである。猛々しい、というのは言い過ぎか。が、私が考えていたよりもずっと唇は厚く髭は濃かった。

「イメージと違ってびっくりしちゃった」

とある人に言ったことがある。

「それはどういう意味ですか」

「つまり、考えていたよりも、ずっとワイルドでした」

と言ったら、

「それは誉め言葉なんでしょうか」

とさらに問われ返事に困った。

とにかくびっくりしたのである。

とくに若い女性の区別がつかない。マスクからのぞく目は、メイクもばっちり。みんな綺麗。みんな可愛い。

が、「顔のパンツ」を脱ぐ日が近づいてきている。女性たちの顔は、三年ぶりで皆にさらされるのである。心の準備は大丈夫であろうか。

最近タクシーに乗るたび、気になって仕方ない広告がある。

レースクイーンのような若い女性が出てきて、いろんな表情をする。拗ねたり、微笑んだりして、彼女がタレントさんだということがわかる。

私はこのコを見るたび、ある感慨にふけるのだ。

「このコは、将来いったいどうなるんだろうか」

可愛いといえば可愛いが、ハッとするほどのレベルではない。ふつうの女の子なら、「すごく可愛い」と言われるかもしれないが、芸能界ではかなり厳しいかも。

今大人気の若い女優さんに比べると、顔のつくりが平凡に見えてくる。私もお会いしたことがあるが、有村架純さんとか、広瀬すずさんの可愛らしさ、美しさときたらもはや神がかっているからだ。

ああいう人たちがこの世にいて、活躍しているのだ。それに参入していこうとするのはどういう気持ちなんだろうか。

全く余計なお世話であるが、私がこんなことを心配するのは、あるお嬢さんを知っているからだ。

昔お世話になっていたある方から、しきりに手紙が届くようになったのは、もう十五年以上も前のこと。娘が芸能界デビューしたので、後押ししてくれないか、というものである。

私は芸能界とはほとんど縁もなく、何の力もない。お役に立てないと思いますよ、と返事をしたところ、お嬢さんの経歴が送られてきた。雑誌のミスナントカに応募したら、記録的な票を得て当選したそうだ。いまその雑誌でモデルをしている。

無下に断わるのもナンだしとぐずぐずしているうちに、東日本大震災が起こり、それどころではなくなった。

そしてある日、また手紙が。

「娘と上京するので会ってくれませんか」

一緒にお昼をたべることになった。現れたお嬢さんは写真で見るよりずっと美人。大きな瞳が印象的だった。残念なのはもう三十歳を過ぎていたということ。

「一回東京の事務所に入っていたんだけど、うまくいかなくなって……」

もともとアイドル系の顔立ちではあるが、それに落ち着きが加わった彼女はなかなか魅力的だ。

「女優ということにはこだわりません。報道番組のキャスターにすごく興味があります」

とハキハキ。それをなすすべもなく眺める私。

もはやお父上も亡くなった今、彼女は地域活動を熱心にやっているようだ。もうとうに芸能界は諦《あきら》めたらしい。

本当に可愛くて魅力的だったのについに芽が出ることがなかった。それを思うと、あのタクシー広告の女性は、うまくやっていけるのだろうかと心配になってくる。

この頃、人の顔をじーっと見て、いろいろ考えるようになったのだ。今はまだマスクをしているから、見えるのは目だけ。何を言いたいかというと、世の中の男の人たちが勝手につくっているランキングや品定めから、女性たちはまだまだ逃れることは出来ない、ということである。そういう意味で、マスクは本当に「顔のパンツ」である。大切なところを隠してくれるのだから。

さてルフィらしき人物が逮捕されても、強盗が少しも減らない。プロ野球のコーチのうちに、黒い服を着た数人の男が侵入した、という記事を読んでぞっとした。日本でこんな事件が起こるとは。マスクをして、帽子をかぶれば顔のほとんどは見えなくなる。そういう人たちが、ガラスを壊して入ってきたら、と思うと心底怖くなるのだ。

マスクをした匿名の社会が続くうちに、犯罪が凶悪化していることは確かなのである。

# お土産大好き

朝、大学に向かう前に仕事場へ行き、鳩居堂で買い求めた便箋と封筒を取り出す。お礼状を書くためである。

私が昔から、

「イメージと違ってちゃんとしてる」

と言われていたのは、この手紙のせいだったと思う。

最近食事をご馳走になったお礼は、ＬＩＮＥで済ませることがほとんどであるが、目上の方にはちゃんと自筆で書く。

が、こちらも年をとり、「目上の方」がだんだん少なくなった。そもそも「目上の方」とは、はて、いったいどういう人か。

今、スマホの国語辞典を見たら、目上とは、

「年齢、地位、階級などが自分より高いこと」

とある。差別的だな。

私の場合は、年上の人、と解釈している。

お礼状を書いていたのは、高校の先輩で、さる企業のえらい方。文句なしの「目上の方」である。

そういう時、私は次の日、お礼状をしたため投函する。それでいいと考えているのであるが、この何年か会食のマナーが大きく変わった。必ず、といっていいぐらい手土産を持参するのである。

これが五人とか六人とかになると本当に困る。友人も、

「あれは何とかしてほしい」

とこぼしていた。

えらい人なら、秘書に、

「五人分の手土産買って、車に積んどいて」

と言い、お店まで運転手に運ばせる。が、ふつうの人たちは、紙袋をいくつも手に、電車あるいはタクシーに乗らなくてはならない。

「帰る時だって大変なんだから」

もらった紙袋を五つか六つ、持って帰る。

中には「今日中」と書かれた、おいしそうな生菓子もある。

「それでつい寝る前に食べてしまう。いけないい、と相手を恨めしく思いながらも、何個も食べる」

私も同じ。ついこのあいだも、七人ぐらい集まる会食があった。今日は大人数だし、みんな手ぶらでくるだろうな、と思ったところ、持ってこないのは私だけ。とても恥をかいた。

私が思うに、食事の時に手土産を持ってくる、という習慣が定着したのは、この五、六年ぐらいのこと。それまでは特別の接待でもない限り、みんな何も持ってこなかった。

知り合いの出版社の女性は言う。

女性誌をやっていた時は、おごってあげたらいつかおごり返す、というノリで、手土産なんて考えもしなかった。しかし今、営業職となって、会食の時におじさんたちはみんな何か持ってくる。手土産というのは、おじさん文化なのではないかと。

確かにそうかもしれない。それはもう二十年以上前のことになるであろうか。

ある財界の方が、文化的な賞をもらうことになった。私はその方とそれほど親しいというわけではなかったが、友人は仲よし。

「私たち女性三人で、お祝いの会をしない？」

ということになり、それほど気が張らない料亭にその方をお招きした。その際、

「おっかない女性が三人いるところに、一人で行くのはちょっと……」

と冗談半分でおっしゃり、友人をひとり連れてこられることに。その方もある大企業のトップである。

「女性におごられるなんて、初めてのことですよ」

とお土産をお持ちになった。なんとエルメスのスカーフである。高価なものにちょっとひるんでしまい、同時に、

「これで貸し借りなしね」

というビジネスマンの厳しいメッセージを受け取ったような気がする。

私としては、パソコン（当時はワープロか）で作った形式的なお礼状を、後日送られる方がずっと気が楽だったのであるが。

そしてまた月日はたち、さるＩＴ企業のトップとお食事をすることになった。もはやこういうトップも、私よりもずっと若い。その方はめったに買えないチーズケーキを持ってきてくださった。

「今日、秘書にこれ買ってきてもらう時、誰と食事なんですか、って聞かれ、ハヤシマリコさんだよ、と言ったら、初めて驚かれました」

とご本人もびっくりしていた。

「どんな財界の人も、政治家も、あー、そうですか、っていう感じだったけど」

たまたま私の本を読んでいてくださったのであろうが、秘書さん、ありがとうねー。おかげ

でボスとはその後もずっと仲よくさせていただいている。

さて、コロナもおさまり、ほぼ毎日会食をする私にとって、お土産は切実な問題である。どうせお渡しするからには、気がきいていておいしくて喜ばれるもの、そして値がはらないもの、というと限られてくる。

私はあるところのおせんべいがものすごく気にいっていた。箱を開けると一瞬ぎょっとする。すべて海苔せんべいなので、真黒なのである。このせんべいの評判がよく、一時期はダンボールで送ってもらっていたぐらいだ。

ところが大学に通うようになって、運命さえ感じた。このお店が、私の職場から歩いて五分ほどなのである。よって自分で買いに行くか、秘書に買ってきてもらう。彼女は気をきかして、

「いつも同じものばかりというならば、通勤の途中でうさぎやに寄ってきますが」

うさぎやのどら焼きは、大の好物。あの箱をもらうと本当に幸せな気持ちになる。

この市ケ谷の日大本部に来てからは、神田界隈の名菓をいただくことも多い。そうそう、神保町には昔からの店舗でつくる「大丸やき」もある。私はこのお菓子のことを三十七年前このエッセイに書いた。その週刊文春の切り抜きは、黄色くなって長く店舗に飾られているのであった。焼き印を変えて、日大やきにしてもらい、学校の手土産にしてもらえないかと秘かに考えている。

## ご揮《き》毫《ごう》

理事長とは、書くことと見つけたり。

これは最近わかったこと。

とにかく書くものがやたら多い。

これだけ大きく古い大学だと、しょっちゅういろいろな学部で周年記念がある。「創設六十周年」とか「創設七十周年」ということになる。この他付属校や準付属校も、歴史のあるところは多い。アニバーサリーには、どこも記念誌をつくり、理事長からの挨拶文が求められる。

それだけではない。日本全国に数えきれないほどの校友会の支部があり、そこでもしょっちゅうイベントが繰り広げられるので、「挨拶文を」ということになるのだ。

最近、本業の文章を書くことはめっきり減ったのに、気づくとしょっちゅう何か書いていることになる。もちろん定型文というものがあり、頼めば草案をつくってくれる部署もある。

といっても、そこは作家の性《さが》。直したり、くっつけたりせずにはいられない。ありきたりの文章ではなく、私らしさを出したいと思うと、これが途方もない時間がかかるのである。

そこに大イベントが加わった。言うまでもなく、卒業式と入学式である。日本大学は毎年、日本武道館で行ない、私はそこで祝辞をのべることになっているのだ。

「ハヤシさん、三月五日までに卒業式の祝辞を仕上げてください。だいたい千六百字ぐらいですかね」

と秘書に言われた。

「えー、どうしてそんなに早いの？　エッセイや小説の〆切だって、そんなに早くないよ」

まあこれはウソだけれど、卒業式までに二十日もある。間違いがないか、いろんなチェックがあるのだそう。だんだん気が重くなってきた。私はセレモニー用の、きちんとした挨拶をするのがとても苦手なのだ。まあ、得意な人はそれほどいないであろうが、儀式としてきちんとしていることと、人の心をうつこととは、ちゃんと両立するのであろうか。

最近では、東大の入学式での上野千鶴子先生の祝辞が、名スピーチとして知られている。

「がんばりを、どうぞ自分が勝ち抜くためだけに使わないでください。恵まれた環境と恵まれた能力とを、恵まれないひとびとを貶《おとし》めるためにではなく、そういうひとびとを助けるために使ってください」

というフレーズは心にしみた。東大の入学式でなくては言えない言葉だ。

ネットというのは有難いもので、スマホで検索すると、ちゃんとスピーチの全文が読めるのだ。引用させてもらった。

東大の卒業式、入学式は、毎年話題になる。そう、そう、十五年前の安藤忠雄先生の入学式スピーチもマスコミにとりあげられた。安藤先生はよく知られるように高卒で世界的建築家になった方だ。そして東大特別栄誉教授になられたのであるが、やはり学歴偏重とは真逆の方だ。型破りのスピーチをなさった。

二〇〇八年四月の東大の入学式は、三千百人の新入生に対し、父母らが五千三百人出席していたそうだ。これを苦々しく思った先生は、

「子供が大学生にもなったら、子は親を離れ、親は子離れすることが必要です」

と述べられ、これについて世論はおおいに沸いた。まあ、子どもが東大に合格したら、たいていの親は嬉しいだろうなあ。夫婦で出席したいという思いもわかるような気がするが……。

と、書いているうちに、大昔の記憶が甦る。私が子どもの頃、東大の卒業式で当時の総長が、

「太った豚よりも痩せたソクラテス」

とおっしゃり、これも大変な話題になったことがある。ほんの子どもだった私は、

「そんなのあたり前じゃん」

と不思議だったものだ。ブーブー太って、いつかは食べられる豚よりも、痩せた哲学者の方がずっといいに決まっている。たぶんソクラテスという人は、スリムでかっこいいのだろう。

そもそも豚なんかよりも、人間の方がはるかにいいし……。

が、これはもっと深い意味があるのだと後年わかる。しかも今回わかったことであるが、実際には、総長はこの言葉を口にされていないというのだ。それなのにこれだけがひとり歩きして、今や伝説となっている。

東大のスピーチというのは、なんとすごいパワーを持つのであろうか。

さてわが大学の方に話を戻すと、書く、ということにもうひとつの要素が加わった。

先月のこと、あるスポーツ部が全国大会で優勝したということで、理事長室に挨拶にやってきた。その際あることを頼まれたのだ。

「今度、新しい寮が出来るんですが、その看板の字をぜひいただきたい」

「でも私、とても字がヘタなんですよ。それなのに、未だにパソコンを使わず、原稿用紙で書いているので、編集者たちからすごく恨まれているぐらいです」

「いいえ、いいえ、その方が味があって」

ということで押し切られてしまった。

昨日、時間が出来たので、ついにこれを書くことにする。秘書が長い半紙を持ってきた。それからお手本も。

「こんな感じで書いてほしいそうです」

「ふうーん」

硯に墨汁をたっぷり入れる。書道なんて、中学生の時以来であろうか。しかし実は私、小学生の頃、六年間書道教室に通っていて、ちゃんと段をもらっている。といっても、半世紀以上前のことになるが……。

「そんなにうまい字を誰も期待していないよね。作家の字だから、味があればいいのよね」

言いわけしいしい書き始めた。墨汁を含ませた筆をおく。横に引く……。かなり緊張しつつ六枚書いた。

その最中の姿を写真に撮ってもらい、友人たちに送る。

「理事長ご揮毫」とふざけてつけ加えた。

「こんなこともするんだねー」

と感嘆の声しきり。

# ガラスを壊す

三月八日は国際女性デー。

とあるファッションブランドから、毎年、シンボルフラワーのミモザがひと枝送られてくる。それを花瓶に生け、昨夜の長ーい、長ーい、女友だちとのＬＩＮＥを思い出していた。よほど興奮していたのだろう、もう寝ようと思っても、彼女からのメッセージが届くのだ。それに返事をしていたら、午前二時近くになってしまった。

始まりはもう二十日ぐらい前のことになるであろうか。彼女から動画が送られてきた。美しいアジア系の女優さんが、何かのアワードで、トロフィを手にしている。

「ミシェル・ヨーさんが、あまりにもカッコいいので拡散します」

英語のスピーチなのでほとんどわからないけれど、ここに来るのに四十年かかったとか、ものすごく嬉しそう。

ミシェル・ヨー……。昔、香港映画に出ていたような。しかし友人の興奮ぶりは尋常ではない。

「六十歳でゴールデングローブ賞主演女優賞、しかもアジア人初となるアカデミー賞主演女優賞ノミネート。快挙です。なんか元気が出ます」

しかし私はこのところ本当に忙しく、映画館に足を踏み入れていない。情報もなく何の映画だかまるでわからないのである。

「この映画三月公開なので一緒に行きませんか」

承諾したものの、映画の題名さえ知らない。どうやらすごく話題になっているらしいが。今さら聞くのも恥ずかしいなあ……と思っていたら、彼女からすぐさまＬＩＮＥが。映画の広告を送ってくれた。やたら長いタイトル。

「エブリシング・エブリウェア・オール・アット・ワンス」

だと。

「赤字コインランドリーの経営に頭を抱えるフツーのおばさんが、新たなヒーローとして世界を救うという、全人類が初めて体験するアクション・エンターテインメント」

だそうだ。

「ものすごい設定でものすごく新しい感じの映画です。私はもう観たんですが英語で観たので日本語字幕で見直したいです」

彼女は英語がものすごくうまい。お子さんたちがヨーロッパやアメリカに留学していて、年に何ヶ月かはあちらに行っているからだ。

私から見れば大金持ちの恵まれた奥さんなのであるが、彼女は思い悩むところがあるようである。

ところで題名も全く憶えられないまま観た、その長いタイトルの映画であるが大層面白かった。観ているこちらの脳味噌もコインランドリーに入れられたみたい。秒単位で変わっていく画面に必死についていく。主人公は平凡な妻で母親であるが、もしあの時、別の人生を選んでいたらどうなったか、ということがフラッシュのように目に飛び込んでくる。

しかし友人がいちばん感動し、かつ共感したのは、現実に戻り日常へのあまりの苛立ちに、ついにブチ切れた主人公が、コインランドリーの窓を次々と割っていくシーンだそうだ。

「あのね、本当に暴力的に何もかもぶち壊したい、と思ったことない？　男のわがまま勝手に付き合わされて、踏み付けにされて、ふざけんな、と思ったことが何回もあるはず」

大好きな仕事を結婚で諦めたことを、今も悔いているらしい。

「どうして女に生まれた、ということだけでこんなにいろんなことを諦めなきゃいけないの。私たち昭和の女って、なんでこんなに我慢させられてるの？」

あの時、ああしてたらもっと幸せになっていたかもとよく考える、という彼女のつぶやきは意外であった。私はこう返す。

「あのね、小山薫堂さんが何かに書いていたよ。人間が迷った時に選んだものは必ず正解だって。私もそう思う時があるよ」

大学進学の時、日大芸術学部を選んだ。それが半世紀後、思いもかけぬ運命に私を導いていく。

「まあ、夫選びは、思うところ多々あるけど、失敗とは認めたくないかなー。とにかく今、私たち自分の力でちゃんと生きてるんだからいいじゃん」

「マリコさんって、本当に楽天的」

ところで今の日本の女性は、幸せなんだろうかとふと考えた。まわりを見渡すと、仕事も出来て、日常も充実して、しかも魅力的、といった女性がどんどん増えている。バブルの頃と違い、男の人にねだることもなく、恋愛や結婚にそれほどの願望を持たない。もし必要とする時は、マッチングアプリで探す。

社会にそれなりに目を向けているが、フェミニズムに傾倒することはない。貧しい女性への連帯もない……。

当然ひとくくりに出来ないであろうが、まあ、私の友人のように、

「家のガラスを叩き割る」

ほどの憤怒《ふんぬ》にかられることはまずあるまいと思われるのである。

それにしても友人の言う「昭和の女」というフレーズがやけにひっかかる。今の六十代は結

婚か仕事か、という選択を迫られ、さまざまな我慢を強いられてきた、という意味か……。

確かにそうかもしれないが、それがイヤなら別れます、という世代でもある。バツイチという言葉が出現し、離婚は恥ずかしいことでも、隠すことでもなくなった。

それでは、窓ガラスを叩き割ろうとしたのは、いったいどの世代か。私たちの母親の世代か。まさか。

するとやはりアメリカ人だから、という結論になるのである。日本の多くの女性は家を出る。そしてファミレスでコーヒーを飲んでうちに帰っていく。一度力の限りガラスを壊したいと思っても、片づけるのは自分だし、とためらう。そして一生ガラスを壊さない。映画で見て快哉《かいさい》を叫ぶだけ。そんな日本の女性を、男性はかなりナメてて、いかに女性進出が進んでいないかという統計を新聞でつきつけられる。

三月八日、国際女性デー。

駅の中の施設に大きな入れ替えがあり、時々行っていた中華料理店がなくなってしまった。トンカツ屋も。ショックだったのは、書店が姿を消したことだ。

私はこのチェーン店に対し、駅前にあった「幸福書房」ほどの愛着を持っていたわけではない。それでも時々は行き、私の新刊の並べ方をチェックし、まとめてベストセラーを買ったりしていた。

店長さんいわく、

「うちは黒字だったんですけど……」

もっと収益があがる業種にとってかわられたということか。お鮨屋のチェーン店が入るという噂である。

代々木上原といえば、人気の住宅地。有名人、文化人もあまたいらっしゃる。その街から本屋が一軒もなくなるというのは、全くもって残念でならない。

私がこの町に引っ越してもう二十四年になるが、この土地を選んだ決め手は、駅前に古くからの喫茶店と、小さいけれど品揃えのいい書店があったことだ。先ほどなくなったチェーン店も含めて、書店は二軒あった。本や雑誌を買い、隣りの喫茶店でコーヒーを飲みながら読み始める喜び。本を読むということは、人間にとってどれほど大切なことか。

私はその町の雰囲気や文化度というのは、いい喫茶店と書店によって支えられていると考えているのだから。

さて、そんな私が夕方、五反田に向かった。五反田といえば、最近何かと注目されているが、ここにくるのは初めてかもしれない。

どうしてここに来たかというと、脳科学者の茂木健一郎さんと対談をするためだ。

茂木さんとは古いつき合いであるが、友人といえるかどうか。あちらがあまりにも頭がよすぎて、

「私と本当に会話を楽しんでいるんだろうか」

という疑いがいつもつきまとう。

「こんなふざけてバカなことばっかり言うのは、私に合わせてくれているからじゃないの？」

とつい思ってしまうのである。

その茂木さんから、

「ゲンロンカフェに出てよ」

というお申し出があった。ゲンロンカフェというのは、五反田駅前にあるビルの中の、小さなお店のこと。ここで三時間、徹底的に議論をする。そしてそれはリモートで会員に配信するそうだ。

なんか、ちょっとひるんでしまいますよね。

そもそも私は、議論というのが大の苦手。深い知識とそうした思考回路を持っていないこともあるが、人に対して攻撃的になったり出来ないのである、ホント。

ずっと以前、〝朝生〟から出演のご依頼があったが、

「とてもお話が合いませんので」

と丁重にお断わりした。

ましてやゲンロンとか言われると、左のトガッた人たちがやるもの、というイメージがある。

しかし茂木さんには断われない。つい最近、わが日大で講演をしていただいたばかりだからだ。些少の謝礼しかお払いしていないにもかかわらず、うちの学生たちをとても元気づけてくださった、という恩義がある。ゲンロンだろうと、ギロンだろうと、断われない。

そしておそるおそる、ビルの中のカフェに向かったら、若い人がほとんどであるが、ほのぼのとしたとてもいい感じだ。

「ここに来るの初めての人」

と茂木さんが聞いたら、八割の人が手をあげてホッ。

そして茂木さんのリードで始まったが、お酒を飲みながらのお喋りはとても楽しかった。

三時間はあっという間に過ぎて、

「最後にハヤシさんに質問は？」

若い男の子が手をあげた。

「あの、ボクは最近ハヤシさんの『奇跡』という本を読んだんですが、これはこういう風に読むんじゃないですか……」

そして後半は自分の悩みを。

「ボクは大学卒業しても、就職せずずっとぶらぶらしています。何をやってもダメで、何をやっていいかもわからないんです」

「何を言ってんの⁈」

怒鳴るオバさん。私のこと。

「今、あなたの感想を聞いて、私はびっくりしたよ。これだけの洞察力と語彙《ごい》力を持っていたら、あなた、何だって出来るよ」

これは本当。

作者の私でも全く気づかないことを、彼は言葉にしてくれたのである。

「何か評論やってもいいし、あなたは何かきっとクリエイティブなことも出来るはずだよ」

「でもボク、本当にどうしていいのかわからないんです。友だちもいないし……」

いじいじつぶやく彼に、茂木さんは大きな声で言った。

「よーし、お前は居残れ。わかったな」

イベントが終わり、関係者たちと近くの居酒屋へ。さっきの若い男性もいる。わかった。

「居残り」ってこういうことなんだ。

ここで彼は長い身の上話をした。お金持ちのうちに生まれて、下から有名校に通ったけれど、いつもひとりだったと。

「ボクなんか、いたって仕方ないんです」

「このおじさん、見ろ。こんなのだってちゃんと生きてるんだ！」

茂木さんが指さしたのは、彼の〝書生〟で、髭もじゃの売れない画家。奥さんにも逃げられたそうだ。

画家はレモンチューハイを飲みながら、

「オレがすぐに、西川口の風俗に連れていってやるから元気出せ」

「そうだ、そうだ」

茂木さんは画家の肩を抱いて言った。

「今日からお前は、オレたちの仲間だ」

キョウカラオマエハ、オレタチノナカマダ。

私は最近こんな温かい強い言葉を聞いたことがない。思い出すたび何度も泣きたくなる。本当の教養って、こういう言葉をさらりと言えることなんだ。若者よ、本を読もう。

# 大人の桜

この号が出る頃にはわからないが、今、東京は桜が満開だ。

今回わかったことであるが、私が通う市ケ谷の日大本部のあたりは、桜の名所だったのだ。まず靖国通りにずーっと桜の並木が続く。ちょっと足を延ばせば靖国神社が、一駅先には武道館。まわりの桜が素晴らしい。

私が子どもの頃、卒業式の送辞、答辞は、

「梅の花がほころぶ今日……」

であり、入学式は、

「桜の花が満開の下……」

であったと記憶している。あきらかに季節が一ヶ月ずれている。

それにしても、と私は思う。子どもの頃は答辞とか送辞といったものにはまるで縁がなかったなあ。ああいうのは優等生がやるものだと考えていたし、実際そうであったろう。下の〝一般席〟で見ていると、壇上で立って何か喋る生徒は、とてもしっかりしていて頭がよさそう。とても同級生とは思えなかった。

とはいうものの「イイコぶっちゃって……」という感はまぬがれない。まあ、世の中は、そういう人たちでまわっているんだろうと合点がいった。

そういえば、成人の日にＮＨＫで『青年の主張』というものがあった。特別なことを学ぶ大学生や、農業をやる青年、ボランティアをしている人など、ひとことで言えば「志」のある人たちが、堂々と自分の意見を述べるのだ。自分の言葉で喋り、話し方も上手。確か当時の皇太子殿下もご臨席されるような、国民的行事であったのだ。それなのに、お笑いタレントに揶揄《やゆ》されるようになり、いつのまにかなくなってしまった。その代わり、ＳＮＳでみなが、自分の言いたいことを垂れ流す。

話がそれてしまったが、人間、年をとればとるほど桜が好きになるというのは本当らしい。若い頃は、

「わー、綺麗」

ぐらいの感興しか起きなかったが、この頃、桜の木の下に立つと、しみじみとしたものが去来するのである。それは、あと何年、桜を見ることが出来るだろうか、という思いがこみ上げてくるからに違いない。

一年に一度咲くものだったら、百合やキキョウ、萩、ヒマワリだってある。が、ヒマワリを見ながら、

「あと何年これを見られるんだろうか」

と思う人はいないだろう。やはり桜なのである。名曲だって多い。なんといってもまっ先に思い出すのは、森山直太朗さんの「さくら（独唱）」だ。

サビの部分、

「さらば友よ　旅立ちの刻　変わらないその想いを　今〜」

は胸にじーんとくる。後に、

「いざ舞い上がれ」

というフレーズも出てくる。桜の歌と文語はぴったりとくるから不思議。おそらくここは、卒業式のかつての定番である「仰げば尊し」の、

「いざさらば」

をイメージしているのではなかろうか。

今年はなおさら桜も桜の歌も身にしみる。というのは、私が日大の理事長になったからだ。皆さんご存知ないであろうが、日大の校章は桜である。国花だ。東大だってイチョウなのにすごい！　日大本部のいたるところに桜がある。桜のモザイクの壁画に、エレベーターの中も桜の模様。そして花の季節には、まわりは桜に囲まれる。次第に桜に惹かれるようになってい

くのである。

今日はお弁当を持って、ランチは花見としゃれこんだ。お庭に桜が何本かある、友人のうちに出かけたのであるが、生憎と雨が降った。まことに残念である。仕方なく応接間でお弁当を開き、いつもと同じ世間話となった。が、これが実に楽しかった。

そういえば、と思い出す。

私のうちから歩いて五分くらいのところに公園がある。野球のグラウンドもあって、そう小さくもない公園。ここに桜の木が何本も植わっていて、春になるとあたりがピンク一色となる。あるとき、ここのベンチで、ランチをしようと思い立った。お手伝いさんに頼んで、朝、金兵衛のお弁当を買ってきてもらう。しかし問題は、当時の秘書ハタケヤマだ。

とにかく朝、事務所に来たら、外に出るのが大嫌い。三十年間勤めてくれたが、夕飯はもちろん、ランチも外でしたことがない。ただの一度も。

自分の仕事着としているエプロンを必ず身につけ、どんなことがあっても頑として脱がなかったくらい。駅前の銀行に行く時もつけていたと記憶している。花見であってもイヤなものはイヤ。

「ハタケヤマさんが嫌がるから、今日のお昼のことは内緒にしよう」

とお手伝いさんに言い、お昼すぎに突然宣言した。

「今日はお弁当。これから公園に行って食べましょう」

「えー、私はそんなこと聞いてませんよ」

ハタケヤマはものすごく嫌な顔をした。

「いいじゃないの、一年に一ぺん、桜の下で食べようよ」

しぶしぶついてきた。ブルーシートを敷き、持ってきたお弁当を食べたのだが、彼女はずっと怒っている。そして食べ終わるやいなや、

「私、忙しいので」

と先に帰ってしまった。

頑固でカワリモノのハタケヤマさん、ダンナさんの仕事の都合で今はドイツで暮らしている。ドイツでも桜は咲くだろう。あの日のことを憶えてくれているんだろうか。彼女、ちゃんとチュウヅマ、「駐在員妻」をやっているんだろうか。

そう、今年の桜はいろいろな感慨が加わる。もう単に「綺麗」では済まなくなった大人の桜。雨にも負けず、どうかもうちょっと長持ちしてほしい。

## 眠れない

春になると眠くなる。

車に乗っていても、コンサートの途中でも気づくと意識がとんでいる。

さすがに会議の時は、

「寝てはいけない」

と言い聞かせ、必死で背筋を伸ばすようにしている。

よくいろんな人から、

「こんなに忙しくて、眠る時間あるの」

と聞かれるがとんでもない。毎日、六時間から七時間は確保するようにしている。

ひと仕事終え、お風呂に入るのが私の至福の時。週刊誌を持って湯船につかり、ゆったりとすごす。

お風呂の後はベッドに直行、スタンドのあかりを消し、おやすみなさい。五分もすれば眠りに入る。

私のまわりの物書きやクリエイターたちは、ほとんど睡眠障害だ。そして習慣的に睡眠導入剤を飲んでいる。

私はそういう人たちに対し、いつも、

「気の毒……」

という気持ちを持っていた。

不眠症のつらさをよく聞かされていたからだ。

ところが最近、私に変化が起こった。枕に頭をつけ、そろそろかなあ、と思うものの、

「はずしたな」

と感じる夜が続くのだ。眠るきっかけがまるでつかめない、というか、その時を逃してしまった、という感覚。

焦れば焦るほど、きっかけは遠ざかっていく。何度もトイレに行く、水を飲む、軽い読み物を手にする、などあれこれ試し、

「やはりアルコールだろう」

という結論に達した。

が、夫婦揃って酒好きなわが家だが、あまりお酒を置いていない。お酒は外で飲むものだと

いう認識があり、日本酒は料理酒ぐらい、ウイスキーは干支の飾りもののウサギに入っているものだけ、ワインはセラーにそこそこあるが、自分ひとりのために一本空けるわけにはいかない。

冷蔵庫の中を探したら、入れっぱなしの缶ビールがあった。これをベッドの中でちびちびと飲み、雑誌をながめたりする。そして再び枕に頭をつけるのだが、やはりいつものあの眠るときをつかめない。

二日続けて徹夜ということになったら、大変なことになる……と、思い出すのはイヤなことばかり。

若い時、かなり無理な仕事をした。今だったら信じられない話であるが、五日間で小説を三百枚書いた。書けると思っていた。

「私は一時間に八枚書くことが出来る。よって八時間で一日六十四枚、五日間あればラクショー」

しかし計算どおりいくはずはない。ホテルにカンヅメになっていたのであるが、徹夜で仕事をして、昼間寝ようとしてもうまくいかない。ホテルは昼間だと清掃が入り、掃除機の音が隣りの部屋から聞こえてくる。精神がささくれ立っているから気になってまるで眠れない。

よって三日間ぐらいまるで睡眠をとらないことになる。

そうするとどうなるかというと、貧血でよく倒れたのだ。アスファルトの上でバタッと倒れ、顔がすりむけて血だらけになったこともある。本当に睡眠不足というのは怖ろしい……。

さらに嫌な記憶は続く。

寝顔が綺麗な人とそうでない人とがいる。美人はたいてい寝ていても美しい、と思うのは偏見であろうか。が、鼻筋がまっすぐだと呼吸もきちんとしているような気がする。

私はたいてい口をあけ、本当に間抜けな顔になる。ヒトさまに寝顔なんて絶対に見られたくない。

私がデビューしたばかりの頃である。テレビに出まくっていた、ということを、今や多くの人は知らない。

少し前に、若い編集者に問われた。

「マスコミの寵児、なんて言われてたそうですが、今でいえば誰ですか」

「そうねえ……。強いていえば三浦瑠麗さんかしら」

あたりはしんとしてしまった。なんと図々しいと思ったに違いない。

正直に言えば、女性芸人の役割をも負わされていたのも事実かも。

その頃、東北へ講演に行った。雪の中を列車は走る。日頃の疲れで私は窓ガラスに顔を押しつけ、ぐっすり寝入ってしまった。やがて目が覚めると、ホームに何人かのスキー客が。みんな面白がって私の寝顔を眺めていたのだ。あの頃スマホがなくて本当によかった。

もう十年も前のことになろうか。私のドキュメンタリー番組が撮られることになった。「情熱ナントカ」というやつですね。このテの番組は、どこに行くのもカメラマンがついてきて気の休まるヒマがない。タクシーの中や電車の中にも乗り込んでくる。よって私はずっと断わっていたのであるが、親しい編集者から、

「新刊のプロモーションになるから」

と押し切られた。二ヶ月ずっと取材されたのであるが、今時は小型のハンディカメラ一台で、カメラマンも一人。だから負担は少ない。これはよかった、と思ったら、途中でディレクター兼カメラマンが代わり、中年の女性になった。動物的勘のある私は、秘書に言ったものだ。

「あの人、感じ悪い。たぶん私はあの人にすごくイヤなめに遭《あ》わされそうな気がする」

その頃、九十代後半の母が入院していて、私はしょっちゅう山梨に帰っていた。彼女は私に言う。

「絶対に迷惑かけないからついていきたい」

仕方なく承諾したが、私が〝かいじ〟に乗り込むやいなや、通路の向こう側からカメラをまわし始めるではないか。これだけでも大迷惑。私は無視して本を読んでいたのだが、看病や仕事のあれこれによる疲労で、いつのまにか爆睡してしまった。すると番組の冒頭で、私が口を開けヨダレをたらしている姿が、なぜか延々と流れているではないか。あんなに腹が立ったことはなかった……。

と、憤怒のあまり、目はますます冴えてくるばかり。もはや明け方が来ようとしている。

## ネーミング

昔から不思議であった。

どうして保険のレディと、ヤクルトレディは、あれほど職場の奥深く、ふつうに入ってくるのだろうか。

勤めている時、大きな会社で打ち合わせをしていて、ふと顔を上げると、あきらかに社員ではない中年の女性が、にこやかに社員の人と談笑しているではないか。

「あの人、誰ですか?」

「保険のオバさんだよ」

当時は、オバさんという呼称が許されていた。CMだってあった。

「ニッセイのオバちゃん、今日もまた、笑顔をはこんでいるだろな〜」

という歌を憶えている人も多いだろう。

ＣＭに出てくるのは、ぽっちゃりとした、いかにも世話好きそうな初老の女性。自転車に乗って、あたりに挨拶する。

しかし時代は変わり、呼称は「セールスレディ」になり、ＣＭに出てくるのは、若く綺麗な女性。バリキャリを絵に描いたようなスーツを着ている。

「ヤクルトおばさん」も「ヤクルトレディ」に。こちらもＣＭに出てくる女性がぐっと若くなった。

私は街で、ヤクルトレディを見かけると、よく呼び止めてヤクルトを買う。なぜかとても得したような気分になる。

私が勤める日大の本部のロビイに、金曜日になるとやや年配のヤクルトレディが立つ。コロナ前は各フロアを歩いていたらしいが、今はこの場所と決められているようだ。

見ていると若い職員がよく買いに来ている。

私も何度か足を運ぶうち、すっかり顔なじみとなった。が、彼女は私のことをいつも、

「ガクチョー」

と呼ぶ。何度訂正しても直らない。

「ガクチョー、中島ハルコのドラマ、本当に面白いわね。私はあれが大好きなのよ。中島ハルコって、ガクチョーのことでしょ。自分のこと書いてるんでしょ」

いいえ違います、と何度言ってもいつも同じことを口にする。

このあいだランチを食べに出たら、道の真ん中で彼女にばったり。

「ガクチョー、私、今度、停年退職なんですよ」

「ああ、それは残念ですね」

「今度の金曜日が最後です。必ず来てよね」

金曜日ロビイに降りていったら、もう三、四人が並んでいた。小さな花束を渡している人もいる。壁には手づくりのポスターが。

「ヤクルトの◯◯さんが、今日退職されます。長いことありがとうございました」

そのヤクルトレディさんは、皆に、

「私からです」

と言って、黒酢ドリンクを渡している。

私は本部の職員たちの優しさに、すっかり心をうたれた。そしてこんなに愛されているヤクルトレディがいることにも。

さて、このように美しい話の後に、黒岩神奈川県知事の話をするのはなんだけれど、これによっても、私は呼称について考えることとなった。

この頃〝愛人〟たちがやたらと暴露をする。お互い独身ならば、名称は〝恋人〟となるが、どちらかが既婚者の場合は〝愛人〟となる。

黒岩知事の記事を読んだ人は、あまりの下品さにヒェーッと驚くはず。こんなことを、キャスターをしているようなインテリの男性が言葉にするとは。

しかし、と私は思い出す。それはつい先日、サントリーホールで上演された「愛の手紙～恋文」というコンサートである。三枝成彰さんが、世界中の有名人が妻や恋人、あるいは愛人にあてたラブレターに曲をつけたもの。

モーツァルトが妻コンスタンツェにあてたものは、「アワビ」なんかよりもっとえげつなかった。彼だけではない。ワーグナーも相当のものだ。

世間で名士と呼ばれる人ほど、好きな女性の前では思いきり幼稚に、お下劣になるという見本である。

それにしても、と多くの人は思うに違いない。

（どうして今さら）

十二年前のことを持ち出して、今さらどうするつもりだったのか。選挙妨害か。黒岩さんの人気はすごくて、このくらいのスキャンダルではどうということはない、というのが専らの見方らしい。

私は単に、

「世間に知らせたかった」

ということ以外にないと思っている。

つい先日も別の週刊誌に出ていた、志村けんさんの最後の〝恋人〟といおうか、お気に入りの女性もそうだった。彼女はガールズバーに勤めていて、志村さんと知り合ったという。それはそれでいいとして、実はもうひとつの顔があり、女性をＶＩＰに紹介する仕事もしていたんだと。そして志村さんにも何人もあてがっていたという。

こう考えると、お金がからんだ関係である。何もわざわざ、志村さんが亡くなった後に暴露することもないと思う。

私はこう考えるのであるが、キレイで若かった彼女たちも、ずうっとそのままではいられない。やがて年をとり、中年への道をたどる。

そうした時、ふと自分の人生を振り返ると、最大の華やぎは有名人とつき合っていたことだということに気づく。結局は捨てられて、その時はその時で、お金や何だかんだで解決出来たと思っていた。しかし心は納得していなかったのである。

このまま、誰にも知られることなく、自分の恋は闇に葬《ほうむ》られるのであろうか。それはとても口惜《くや》しい。相手の男性は何くわぬ顔をして生きているではないか……。

ということで、週刊文春のファックス番号あるいはメールアドレスを探っているのではなかろうか。

これから女性たちが中年になるにつれ、こうした事件は増えていくに違いない。「愛人たちの反乱」。恋人たちはしないけど、愛人たちは立ち上がる時は立ち上がる。それにしても〝愛人〟に替わる名称はないだろうか。〝婚外恋人〟とか、〝サブ妻〟とか、もっとみんなが明るくなれるような……ないか。

## ありきたり

今年も恒例の「桃源郷ツアー」に出かけた。各社の編集者たちとバスを仕立てて、山梨で美しい桃の花を満喫する、というものである。

年によっては、

「桃を存分に食べたい」

という声が強くなり、真夏に行なわれることもあるが、今年は花を愛でたい、という意見が強かった。

一宮御坂で高速を下りる。いつもならピンクのカーペットを敷いたような盆地が見られるはずだ。しかしそこにあるのは、さわやかな若葉の畑……。

いつもより一週間、花が散るのが早かったのである。

しかし今年初めてのコース、「ぶどうの丘」のテラスでのバーベキューが大好評だ。地元のワインを飲みながら、肉や野菜を焼いていく。その後は地下のカーヴに行き、皆でワインの試飲をすることになった。千五百二十円（当時）の小さな盃を購入すると、いくらでも好きなワインを試せるのだ。

「山梨ってなんて太っ腹なの⁉」

みんな大喜びである。私は言った。

「昔はもっと太っ腹だったよ。ワングループ、ひと家族で、ひとつの盃をまわし飲みしていても誰も何にも文句言わなかったもの」

暗いカーヴには、山梨県産のワインがずらりと並び、樽の上で自分でどんどん瓶からついでいく。

ほとんどの人がこれに参加したが、私はパス。ずっと風邪気味だったのと、夜、東京で会食の予定があったからだ。私の他にも飲まない人数人で展望テラスでお喋りする。

輪の中心にいるのは、歌人の小佐野彈さん。最近は小説家としても売り出し中だ。彼は短歌の楽しさを、私たちに説く。

「自己表現として、こんなに面白いものはないよ。一度始めるとたいていハマる。みんなでやろうよ」

彼は俵万智さんたちと、『ホスト万葉集』を企画したのだ。

「でも短歌はすごく勉強しなきゃならないって、うちの母が言ってた」

私の母は何十年もやっていたけれど、短歌は、万葉から新古今といった古典を学ばなくてはならない、とても仕事の片手間に出来るものではないので、手を出さないようにと言っていた。

「短歌より俳句の方が、ずっとむずかしいかも。あれこそ勉強しなけりゃならない」

と弾くん。

「僕は学生の頃から短歌をやっていて名を知られるようになると、小説を書こうって編集者がやってくる。他の有名な歌人もみんなそう。だけどね、有名な小説家に、これから短歌をやりましょう、っていう人はいない。これっておかしいよね。文学のいきつく先は小説じゃないはずでしょう」

なるほどねえ、と皆が頷き、近いうちに歌会をやろうかということになった。

「これはね、皆の前でボロクソに言われてすごく傷つく。でも面白いよ」

「歌会はやめて、歌部、ってことにしない、その方が気楽だし」

その前にまずは学ぼう、というまじめな私たち。その場で弾くんが薦める短歌入門書をアマゾンで買った。

そして短歌の話題の後で、皆が議論したのが、今、世界中で話題になっている、ＡＩを使ったチャットＧＰＴである。

このあいだ開発元のＣＥＯが来日して、岸田総理と面会したと見ると、元グーグルの専門家が警告を出した。

「世界の全人口が実験台として利用されている」

ということである。しかしテレビの特集を見ていると、もうふつうに使われ始めているらしい。学生がインタビューに答えて、

「レポートこれでやってますが、とても便利です」

とハキハキ。

ＡＩ研究の第一人者である松尾豊先生も、

「近い将来、これを無視することは出来なくなるでしょう」

とおっしゃっている。

私も作家として、学生を預る者としてこれには無関心ではいられない。いろいろな意見を聞いている最中だ。

が、私はこれによって作った文章を読むたび、いつも中高生の読書感想文コンクールを思い出すのである。長いこと、この審査員をしていた。決めていたことがある。ありきたりのものは選ばない、ということだ。

たとえば、「走れメロス」の感想文があるとする。

たいていの作文は、

「私もこのように、友情を信じる人になりたいと思います」

で終わる。こういうのは選ばない。私がこれ、と思うのは、ありきたりのことを書かない文

章。

「どうして友だちの命を預けたりしたんだろう」

「そもそも無理なことをしなければいいのに」

「ここまで相手を信じる根拠がよくわからない」

という疑問を投げかけ、そこから発展させたものを私は選んだ。

このコラムにしたってそうだ。私たちが長いこと、お金をいただける理由は、ただひとつ、

「人と同じことを書かない」

もちろん、誰が考えても同じことはある。それにしても書き方は変える。時には叩かれても炎上しても、

「私は違うことを考えている」

と訴え、時には、

「へえー、こんな考え方もあるんだなあ」

と思ってもらいたい。それが私の願いだ。

そして学生にこのチャットGPTを使わせたくなかったら、やるべきことはただひとつ。提出レポートは必ず手書きでさせること。パソコンを通すから、他人の考え方を自分のもののように錯覚する。ひと文字ひと文字、書き写していけば、そのおかしさに気づく、と私は信じているのだが。

ところで、今、「林真理子がチャットGPTについてエッセイを書く」と打ち込んだら、AIの回答は実にありきたりであった。

## 動き出した

「コロナで、もうクラシック業界はおわりだね」

ある人が言った。

「クラシックは、中高年によって支えられてきたけど、もうそういう人たちが行かなくなったんだもの」

私はオーケストラや器楽のコンサートにはあまり出向かないが、オペラは大好物。毎月のように新国立劇場に出かけていた。

しかし、確かにコロナの間中、空席が目立つようになった。外国からの主役級が来なくなり、日本人歌手が抜てきされ大活躍したこともあったのに。

それより心配だったのが歌舞伎であった。一階の観客を数えて十八人、というのもこの目で見ている。ものすごくいい配役なのにびっくりだ。

「コロナが明けても、オペラや歌舞伎に行く習慣がなくなったとしたら、今後大丈夫なんだろうか」

胸を痛めていたのであるが、それは杞憂に終わった。先日歌舞伎座に『新・陰陽師』を観に行ったらほぼ満席。嬉しかったのは、若い人たちがいっぱい来ていたことだ。

私はかねがね「歌舞伎の創作もの」に懐疑的であった。面白いものにあたったことがない。へぇーっと思ったのは『ワンピース』くらい。あれは漫画の原作と歌舞伎とが、本当に幸せな〝結婚〟をした。

全て見ているわけではないけれど、コミックなどが原作の新作は、

「どうしてこれを歌舞伎で見なくてはいけないのか」

と首をかしげたくなるものばかり。歌舞伎の所作をパロディっぽく演じるのもなんかイヤな感じ。

しかし『新・陰陽師』の場合、猿之助さんの演出はとてもオーソドックスであった。さまざまな演目の名場面をうまく取り入れているのも、パロディではなく尊敬の念がある。

「ああ、歌舞伎って、なんて面白いんだろう」

としみじみ思う。明日は夜の部『与話情浮名横櫛《よわなさけうきなのよこぐし》』を観に行くことになっている。あの〝切られ与三〟だ。

そして昨日は、新国立劇場の『アイーダ』を観に行った。

前評判がすごく良く、公演が始まる頃には、

「もうチケット、一枚もないよ」

新国立劇場二十五周年の演目は、ゼッフィレッリ演出の、豪華絢爛のグランドオペラなのだ。ものすごい人気で連日満席だという。それなのにどうして二人の秘書の分まで取れたかというと、発売になってすぐに申し込んだからだ。

二人の秘書というのは、もともとの私の秘書と、日大本部で私についてくれている秘書の女性だ。なぜ新国立劇場に誘ったかというと、深い理由がある。

先日、〝創作オペラ〟を観に行くつもりでチケットを二枚買っておいた。しかし風邪をひいたうえに、ホールは遠い千葉。行く気を失くしてしまっていたのである。

「せっかくだから二人で行ってきたら」

とチケットを渡した。既に顔見知りの二人はとても嬉しそうに出かけていった。次の日。

「オペラ観るのは初めてですが、とても面白かったです。オペラって、あんな風に好き勝手やってもいいんですね。すごくエッチな場面もありました」

という言葉を聞いて、

「そんなんじゃない」

と首を横にふる私。

「オペラはそればかりじゃない」

見てもいないのに乱暴であるが、彼女たちがオペラに対して、間違った認識を持ってはいけないと思ったのだ。

こういうことは私の場合、いくらでもあって、どうしてよりによって、おじさんなのに四十年近く前の若い女性向けのこんなエッセイを読むかなー、と思うことがある。揚句の果てに、

「全くわからない。くだらない」

とかネットに書かれたりする。

まあ、私のことはどうでもいいとしても、私の愛するオペラを、若い二人がちゃんとわかってくれなくては残念でたまらない。

「それなら、今度、名作『アイーダ』を観に行きましょう。あれはわかりやすいうえに、名アリアもいっぱい。絶対に退屈しないと思うよ」

そうでなくても、お芝居やオペラのチケットは必ず二枚買う私。一枚は若い人にあげることが多い。これは彼女たちを喜ばせるだけでなく、私のためにもなる。若い人の反応を見るのは、私にとってとても楽しいことだからだ。

さて、昨日の『アイーダ』は本当にすごかった。舞台にのりきれないぐらいの数の人たちが出演し、舞台装置も素晴らしい。本物の馬だって二頭出てくる。これにはびっくりだ。バブルの頃を思い出すなあ。代々木の体育館でやった『アイーダ』。これでもか、これでもか、という感じでお金がふんだんに使われた。昨日だって負けていない。きらびやかな黄金のエジプト

の世界に圧倒された。

歌手の方たちも素晴らしく、久しぶりに、

「ブラボー!」

が飛びかったのである。

休憩の間、ずうーっとお喋りしている二人の秘書。興奮さめやらぬおももちだ。感想を聞いていると、舞台の上でのことを現実としてとらえている。

「アイーダって、かなり気が強い。どうして恋敵とはいえ、王女さまに歯向かったりするのかしら」

「エチオピアの王女っていうプライドがあるからじゃない」

そもそも、と私はつい口出しした。

「『アイーダ』って物語としてはおかしい。英雄の男は、王女を妻にして、アイーダを愛人にすれば、すべてうまくいったのに」

「ハヤシさん、その考えはないですよ」

若い二人にたしなめられたが、ひどく愉快な心持ちになった。今日はこれから「ブルーノート東京」で夏木マリさんのライブ。これも満席とのこと。なんかエンタメ、いい感じで動き出している。

# わが母国

「母国」という、やや古めかしい言葉がある。「スーダンから日本人脱出」のニュースを見て、久しぶりにこの言葉を思い出した。

強くお金がある母国があることの幸せ。（議論はあるとしても）立派な飛行機が降り立ち、全力をあげて自国民を助けてくれる。

フランスの救援機には、ペット用の大きなキャリーも積み込まれた。可愛がっているものならば、ワンコだって助けてくれるのだ。戦火の中を逃げまどうスーダンの人たちを尻目に。国家の体をなさない、混乱の国に生まれた人たちは本当に気の毒だ。ニュースを見るたびに心が痛む。どうすることも出来ないこともつらい。ウクライナもそうだが、生まれてきた国によって、幸せは左右される。

そこへいくと日本はまだまだいい国だと思いませんか。ちゃんと働けば餓死することもないし、言論の自由だってある。このあいだ日本でＳＮＳから発信していた若者が、香港に帰ったとたん逮捕されたそうだ。わが国ではそんなことはない。誰だって自由にものを言える。

この頃ものすごく腹が立つのが、犯罪をおかした者がすぐに、

「弁護士を呼んでくれ。弁護士でないと話さない」

ということ。アンタ、顧問弁護士でもいるくらいエラいのか、と聞きたくなってくる。

何年か前、幼女にわいせつ行為を繰り返した若い男が逮捕寸前になり、マスコミがとり囲んだ。すると彼らを威嚇するように、

「僕の弁護士を呼びますよ、いいですね。弁護士ですよ」

とかわめいていた。弁護士、という語を出せばみんなひるむと思っているのだ。

またもの書きとして、あるいは大学の関係者として、いろいろなやっかいごとにぶちあたることがある。たいていのことにはきちんと対処しているが、これはどうみても、言いがかりだろう、と思うこともある。そういうのに限って、

「マスコミに訴えることも考えています」

などと言う。そういう時、

「これにつき合うほど、マスコミもヒマじゃないよ」

と毒づく私。

この〝マスコミ〟という単語には、週刊文春の比重が大きいに違いない。私はこういう言葉

を聞くたびに、私の大切な職場が汚されたような気がする。ホント。

何年か前、私がいつも送っている文春のＦＡＸ番号が突然変わった。

「ハヤシさん、もうここに原稿送らないでください。こっちの番号にしてください」

「どうして」

「通報が多くて、この番号のＦＡＸはフル稼動しているんです」

驚いた。不倫から企業の不正チクリまで、とにかく日本中みんなが週刊文春に向けて発信してくるのだ。

つい最近のこと、知り合いの方から長い長い手紙を貰った。地方の某企業のトップの方である。この方はあるスキャンダルにまき込まれているのであるが、これは全て仕掛けられた罠だというのである。

「ハヤシさんのお力で、週刊文春で記事にしてほしい」

こういう時、私は必ずこうお答えしている。

「私は何の力もありません。私がつき合うのはエッセイのやりとりをする担当編集者だけで、編集長にはふだんお会いしませんから」

とはいうものの、この方はかなりご高齢であり、切々とした長文の手紙についホロリとしてしまった。それで担当の編集者に、

「一度読んでくれませんか」

と手紙を送ったところ、会議にかけてくれたようである。そう、週刊文春は、ひとつひとつの通報をちゃんと精査し、会議にかけていたのだ。皆さんも知らなかったでしょ。

この件は結局ボツになり、申し訳ないことになった。

そう、多くの人たちは誤解しているのだ。

「週刊文春に売ってやる！」

とかよく言うが、あなた程度の知名度ではまず無理ですよ、と私は言いたいのである。

弁護士の方はどうであろうか。こちらはぐっとハードルが低いかも。国選弁護士の方もいるし、人権派の弁護士の方もいる。岸田総理を襲撃した彼も、すぐに有名弁護士に弁護を依頼しようとしていたのには驚いた。

「なんかなー」

という気がしないでもないが。

ところでゴールデンウィークを前に、日本中がうきうきした気分になっているのは否めない。まだ中国人の団体が来日していないというのに、観光地はどこも大変な人出である。コロナで貯めていたお金を使いたがっているとテレビは言う。

故郷の温泉に行こうと思ったら、どこの旅館も満員だ。おまけにものすごい値上がりである。

表参道に行けば、高級ブランド店に行列が出来ている。日本人の若い人たち。高級鮨店のカウンターにも、彼らはずらり並んでいる。

しかし新聞には、毎日のように暗い記事が載り、中高年の貧困について、

「自分がいけないのか、国がいけないのか」

という問いをつきつけられる。

これが格差ということらしいが、それにしては上の方のうきうき層がかなりアンバランスのような気がする。

この国は本当に貧乏なのか。

実はそうでもないのか。

誰かはっきりさせてほしい。

それからブランドショップに並ぶ、若い日本人はいったい何をしている人たちか、ちゃんとつきとめてほしい。

「ＩＴ関係」

とみんなは言うが、日本のＩＴ関係ってそれほど数が多いのだろうか。謎は深まるばかり。

わが母国の形を、ちゃんと明確にしてほしいと願うばかりである。

# 故郷の作文

連休は故郷山梨の温泉へ。

最近、私の実家の近くに、ものすごくいい旅館が出来たというのだ。

「ふつうの田舎に、あんないい宿が出来たなんてびっくり。あまりよかったので、さらに二泊してきた」

と温泉通の友人が言う。

ネットで調べてみると、確かに今流行のおしゃれな宿が出来ている。これといって何もない、桃畑が続くところに、だ。さっそく予約しようとしたところ、休日はすべてふさがっていた。それならばと、平日の五月一日と二日を調べたところ、一日だけ予約することが出来た。せっかくなので、近くの石和《いさわ》温泉にも一泊することにした。

姪を誘うと大喜び。

「ゴールデンウィーク、仕事があって何にも予定してなかった。嬉しい」

先日の箱根も一緒に行った姪。外資系のＩＴ企業の広報をしている彼女とは、とにかく気が合う。お芝居や歌舞伎を見に連れていくと、

「伯母ちゃん、本当に面白いよ」

とどんどん吸収していくさまが嬉しい。

『若草物語』とか『赤毛のアン』にも、お金持ちのおばさんは出てくる。そして姪を可愛がり、学資の援助をしたりする。

私のまわりでも、子どもがいようといまいと、姪や甥を可愛がって仲よくしている人は多い。ワンクッションおいた関係は、とてもうまくいくようだ。

地元の駅に着いて、まずはお墓まいり。私の両親は彼女にとって祖父母にあたる。二人揃って手を合わせる。こういうところも身内で行く旅のいいところだ。

その後は歩いて従姉のうちへ。私よりひとまわり上の従姉は、最近骨折して退院したばかりだ。居間に行って驚いた。かなりの量の本が置かれていたのだ。みんな私が送ってあげたものだから、驚くことはないのであるが、こんなにちゃんと読んでいたとは……。

「いらない本があったら頂戴ね。いくらでも頂戴」

というので、せっせとダンボールで送っていた。が、これほど熱心に読んでくれていたとは想像外であった。

ちょうどそこに東京から親戚のコがやってきた。彼女も姪も本が大好き。二人とも本棚の前に釘づけだ。

「これ欲しい。持っていっていい？」

品定めしている。読書好きなのはわが一族の特徴だ。

やがて別の従姉も登場。私が帰ってきているらしいと知って、甲府から車でやってきたのだ。

「見て。うちにこんなものがあったよ」

黄ばんだものすごく古い原稿用紙。「まり子ちゃん」とある。

「八歳の私が六十七年前に書いた作文だよ」

そこには幼い私の姿が描かれている。

「朝まり子ちゃんが私のことをおくっていってくれます。そこで『いってきます』とゆうと、『あんあん』となくまねをします。学校にいってもまり子ちゃんのことばかりかんがえています。おそうじをしていてもまり子ちゃんのことばかりかんがえていて『早く帰りたいな』と思います」

という感動的な書き出し。

これを読んでわかったのは、どうやら赤ん坊の私は、隣家の従姉たちと一緒に暮らしていたらしいということ。

「ごはんは私よりたべます。ごはんをたべるとすぐ私といっしょにねます。六じごろねてもう七じごろすぐおきてないていますじぶんの家へ帰るのがいやでないていました。私は家ではまり子ちゃんが一ばんすきです。どこへいってもおみやげをかってきてやります。よるねていてもあしたまたなくかしらとかんがえています」

従姉たちとは、昔から本当に仲よくしていたのであるが、ここまで愛情を注いでくれていたとは。

「ところで」

と私は言った。

「こんなに私のこと可愛がってくれているのに、どうして私の誕生日、憶えていないの」

私の生まれた日は四月一日となっているが、それはきりがいいからという理由で、役所に届け出たものらしい。本当はもう少し早く生まれていたというのだ。

「いったい、私はいつ生まれたの」

と母に何度か聞いたところ、

「そんな昔のことは憶えていない」

という返事。ついには、

「そんなどうでもいいこと」

と言われた。が、占い好きの私としては重要問題なのだ。

「いったい、私は、何月何日に生まれたの？」

従姉たちは顔を見合わせた。

「そう言われても……」

「その日に大きな事件があったとか、季節はずれの雪が降ったとか、何かないの」

つい詰問調になる。

「三月三十一日かも」

「そうだよ、私、おばちゃん（私の母のこと）から聞いた憶えがある」

「じゃ、私は三月三十一日生まれなんだね」

二人は頷いた。

これからは占いで、三月三十一日というのを見ることにする。

やがて夕暮れ近くなり、私たちは従姉の娘の車で旅館へ向かう。人工湖の近く、笛吹川のほとりにその旅館はあった。

さっそく浴衣に着替えて、食事までひと眠り。いつのまにかヨダレをたらしていた。

夫にもこんな姿を見せたくない。しかし姪ならへっちゃら。血が繋がっているというのは、なんて気楽で温かいものだろうとしみじみ。姪はいつか書いてくれるかな。

「私の伯母ちゃん」

気前がよくて、大食漢の伯母ちゃんのこと憶えててね。そうしてまたいつのまにかうとうと……。故郷っていいなあ。

# 揺れている

綺麗な少年を持つお母さんに、慣用句ともいえる誉め言葉がある。

「将来、ジャニーズに入れるんじゃない？」

すると、

「まあ、そんな」

とたいていの親は相好を崩す。

が、中には四分の一ぐらいの割合で、こう言うお母さん、お父さんがいる。

「絶対にそんなことしない。ジャニーさんに何かされるから」

そのくらい、一般人にとってもそのことは知れ渡っていたのである。

昔、『光ＧＥＮＪＩへ』という暴露本が出た。「週刊文春」も何度も訴えてきた。裁判もあった。しかしどのマスコミも知らん顔。

イギリスのテレビ局がドキュメンタリー番組を放映して、ようやく一部の新聞が動き出しても、それでもやはりどこも無視をきめ込んでいた。

テレビ局の責任は重たい。が、こちらはジャニーズのタレントがいなくては、夜も日も明けないのだろう。仕方ないとは思わないが、しがらみに屈したということはまあ想像出来る。あまりつき合いがないので詳しいことはわからないが。

情けないのが出版業界だ。こちらは私のホームグラウンドだからいろいろ言わせてもらうが、「週刊朝日」や「AERA」の腰のひけ方ときたら。今まで全く報道していないのだ（次週号でやるらしいが）。

「少年への性的虐待」なんて「AERA」の最もとり組まなくてはならない分野であろう。どうして出来ないのか。ジャニーズのタレントを毎週のように掲載しているからだ。

雑誌が売れなくなって久しい。「AERA」の表紙は、ある時まで文化人であった。作家や建築家、画家やアーティスト、といった人たち。芸能人が出る時は、重厚なベテランが多かったと記憶している。

それが雑誌の部数がジリ貧になってから、ジャニーズ一辺倒になった。彼らが出ると、ファンが買う。数千冊ぐらい売上が増えるらしい。延命のためにこういうことをしているうちに、ジャーナリズムとしての何かがすり減ってしまった。

私はずっと連載していたので、はっきりと「週刊朝日」の編集者に言ったことがある。

「アイドルをカッコよく見せるんだったら、『週刊朝日』は絶対にマガジンハウスにかなわないよ。それなのにどうして同じことをするのかな。ジャニーズのスキャンダルが出ても、何も出来ないっていうことだよ」

　すると相手はつらそうに言った。

「それはわかっていますが、うちも売れないと困るんです」

　今回、朝日新聞出版は、「週刊朝日」ではなく「ＡＥＲＡ」を選んだ。歴史のある週刊誌を休刊にして、どうして「AERA」を残したのかというと、こちらの方が広告が多いかららしい。悲しいが仕方ない。

　だったら「ＡＥＲＡ」、よろしくお願いしますよ。

　高学歴の意識高い女性が読者層であるが、彼女たちだってジャニーズが大好きなはずである。彼女たちに向けて、きちんと今度のことを説明してほしいものだ。

　そして知らん顔していた「週刊朝日」や「ＡＥＲＡ」よりも、もっと罪が重いのが「女性セブン」だ。

　一ヶ月ほど前の号で、

「勇気ある告発者の正体」

　という記事を載せたのだ。勇気を出してジャニーさんからの性被害を訴えた男性について、スキャンダルめいたことを書いた、金銭トラブルがあると。そんなこと、過去の性被害と何の関係もないではないかと、私は怒りに震えたのである。私は女性週刊誌を愛する者であるが、いったい「女性セブン」はどうしたのか。こうしたことでジャニーズに忠誠を表したのか。ところで私、晩年に近いジャニーさんの面識を得て、何かとよくしていただいた。コンサートに招待してもらい、稽古場を見せてもらったことも。

少年たちにあれこれ指導するジャニーさんは、厳しく的確で、シロウトの私にもすごいプロデューサーだということがわかった。

お話ししていても紳士的で知的な方であった。であるからして、

「はて、あの噂は本当なんだろうか」

と考えたものだ。

「確かに美少年はお好きかもしれないけど、それはプロデューサーとしてであって、ああした噂は都市伝説なのかも」

そして数年後。私はジャニーさんの「お別れの会」に招かれた。それは目もくらむような光景であった。マッチがお別れの言葉を言い、最後にジャニーズのタレントさんたちがいっせいに登場した。キムタクも嵐も、関ジャニも、V6も、KinKi Kidsも、とにかくスターがずらり並んだのだ。

みんなジャニーさんが育てた人たちだ。このことによって、私たち出席者は、彼が日本芸能史にあたえた功績がいかに素晴らしいものだったか再認識することになった。

あの時、一瞬であるが、私の心の中に、

「これだけのことをしたんだから、多少のことは目をつぶっても……」

という言葉がうかんだのは事実なのだ。考えてみれば私も手を貸していたのかもしれない。手に入れにくいチケットをいただいて喜んでいた私は……。


今回、きちんと謝罪した現社長、ジュリーさんは立派だったと思う。強烈な二人のカリスマ、ジャニーさんとメリーさんの陰にいて、彼女が真実を知るのは困難だったろう。とにかく一歩を踏み出したのだ。これからはマスコミも、そして私も、まじめにこのことについて検証していかなくてはと思う……とここまで書いていたら、市川猿之助さんのニュースが飛び込んできた。まだ何もわかっていないが、彼にはセクハラ疑惑の記事が出ていた。今、セクハラで日本中が揺れている。みんな一緒に揺れて考えて議論して、ピタッとあるべき場所で止まりたいものだ。

# ボーン

池袋の駅前で、私の体は宙に舞った。

一ヶ月前のこと、お芝居を観に行った帰りである。

私はスニーカーを履いていた。この頃は、猫背気味になるのもよしとして、足元をちゃんと見る。ヒールのあるものはほとんど履かない。かなり用心していたのであるが、ついあたりを見わたした。一緒にいた人に、

「私、学生の頃、池袋に住んでいたことがあるの」

と話しかけた。

東京芸術劇場がある西口にはしょっちゅう来ているのであるが、西武がある東口は何年かぶりだろう。

私が大学生の頃、西武の前はごちゃごちゃした商店街であった。その路地を入ったところに

あんみつ屋があり、私はそこでアルバイトをしていたのである。

　思い出が次々と甦り、

「懐かしいなあ……」

とあたりを見わたした時、小さな段差に私はつまずいたのである。

「キャーッ」

と女の人の悲鳴があがる。そして私はバタッとコンクリートに叩きつけられた。恥ずかしさと痛さでしばらく起き上がれない。が、人の目もあるので、よろよろと立ち上がった。

「大丈夫ですか？」

と連れに聞かれたが無言のまま。電車で帰るつもりだったが、タクシー乗場まで送ってもらった。

　次の日になっても、すりむいた膝は痛い。そこはバンドエイドで何とかなったのであるが、ころんだ時、手で体をかばったらしい。右手の甲がずきずきと痛むのだ。

「ああ、私の黄金の右手が……」

　ふざけてかかげてみる。パソコンを使わない私は、すべて手書きなのだ。しかも翌月は新刊が出て、五百冊サインをすることになっているのだ。

　だから手を休めればいいのに、私はすぐにＬＩＮＥをうつ。自分の失敗は人に話さずにはいられないタチなのだ。

「昨日、池袋の駅前でころびました。トシはとりたくないもんですね」

するとたくさんの返事が。驚いた。みんな「転び」をカミングアウトしてきたのである。

「私も昨年、手首を骨折したの」

「転んで関節を折ったばかり。実は入院してました」

「私も街中でしょっちゅう転ぶ」

そして異口同音に、

「トシとったら、転ぶのこわいよ」

続けて、

「早く病院行きな」

とある。しかし私は行かなかった。忙しかったこともあるが、痛みはそのうち治るだろうとタカをくくっていたのだ。

が、一ヶ月たっても、つっぱるような痛さは治らない。それが腕の方にくる時もある。

というわけで、やっと重い腰を上げ、専門の医師のところに行った。レントゲンをとってもらったところ、骨には異常がなく、クッション部のナントカというところが炎症を起こしていることが判明。ものすごく痛い注射を打った。

「でもハヤシさんの骨は、すごくがっしりしてますよ」

とレントゲンを見ながら先生。

「骨質がいいんですね。だから折れることもなかったんですよ」

そういえば、私の骨はしっかりと写っているような気がする。色も濃い。

それにしても、骨を誉められたのは初めてだ。出来ることなら、その上についている薄い皮を誉めてもらいたいものだ。

そして治療の後は、楽しみにしていた国技館へ。この六、七年、私がにわか相撲ファンになっていることはご存知であろう。同郷のお相撲さんを応援し始めたのがきっかけだ。

今日も同好の士二人と、中で待ち合わせている。一人はとんでもなく相撲に詳しく、いろいろ解説をしてくれる。冷えたビールと焼き鳥を楽しみながら、目の前のお相撲さんを応援するのは至福の時。

「△○□、頑張れー！」

思えばコロナの真最中、飲食も声を出すことも出来なかった。咳ばらいもはっきりと聞こえる静けさの中、行なわれる取組は、緊張感があり、いかにも競技という感じがよい。

「これからはお相撲もこうなるんじゃないの」

などとエラそうに言っていたけれど、コロナの規制がなくなった今、みんなビールを飲みながら大声をあげる。それはそれで、いかにもお相撲見物っぽくてよい。先日は座布団が、観戦中のデヴィ夫人を直撃したとＹａｈｏｏ！ニュースに出ていた。

今日は「満員御礼」という幕もさがっていて、うきうきした気分になっている。しかし、コロナ禍での、一枡に三人、というならわしは、すっかり定着したようだ。まわりを見わたしても、みんな三人だ。四人分払って三人で使う。四人で使うところはほとんどない。私のような体型の人間には、うれしい習慣である。

ところでお相撲さんというのは、よく転ぶ。土俵の下に落ちていく。毎日が交通事故に遭っているようなものらしい。

今日は非常に珍しい場面があった。投げとばされた力士が、土俵の上ででんぐり返しをしたのである。

「あんなこと出来るの?」

「運動神経があれば出来るはず。髷を結ってるからそんなに痛くない。骨にも響かない。頭の骨も大丈夫」

そうかあ、頭にも骨があるんだとしみじみ思った私である。このところ、骨のことばかり考えている。

# もっと好きになって

四年ぶりの台湾へ。

「中国にナンカされる前に、早く行っておかなくてはね」

と友人は言った。私も、

「そうだよ。香港みたいになったらイヤだもんね」

コロナ前までは仲よしの女三人で、毎年海外へ旅行した。行先はアジアで、香港、マカオ、韓国、台湾への三泊程度の旅。食いしん坊で買物が大好きな私たちは、とにかく精力的に歩きまわった。出発前からレストランやエステの予約をし、ブランド品のチェックもぬかりない。香港のバーゲンは、楽しかった思い出のひとつだ。靴のアウトレットを見つけ、それこそ夢中で買いまくったこともある。

「だけど香港は、もう私たちの知っている香港じゃないよね」

とファッション関係の友人。

「○○○（有名なセレクトショップ）なんて、品揃えがまるっきり変わっちゃったもの。全然おしゃれじゃない」

「そうだよね。中国の影響が強まってから、店員さんの態度も違うよね。トゲトゲしてる」

台湾にはとにかく早く行かなくてはねと、三人で話し合ったのであるが、私たちのこういう言葉は、台湾に住む日本人たちには、とても無責任なものに感じるらしい。

台湾に着いた当日、夕飯の席にA子さんがやってきた。実は私たち、彼女に会うのはその日が初めてであった。台湾について本を何冊も出しているライターさんで、素敵な雑貨ショップも経営している。

「台湾に行くなら、この人に会いなさい」

と、友人が日本で知り合いから紹介されたのだ。コットンのおしゃれなワンピースを着て現れたA子さんはまだ若く、中国語がものすごくうまい。世界中をいろいろまわったけれど、台湾に来た時、人々のやさしさと街の魅力にすっかりとりつかれ、ここに住むことを決めたそうだ。日本人のご主人との間に、小学生のお子さんもいる。いかにもデキそうな女性だが、どこかふんわりしている。

日本に向けていろいろな記事を発信したり、撮影のコーディネイトもしている。また最近は台湾企業と日本との橋渡しもしているそうだ。その日のレストランも、A子さんお勧めのお店である。料理の選び方もさすがで、豆腐や海老の珍しい料理を食べた。

お酒もイケるというので、私がワインを頼もうとしたら、

「ここはいろいろ揃ってますが、ハウスワインがいちばんリーズナブルでおいしいです。お店の人も言ってましたよ」

確かにそのとおりで、赤の一本があっという間に空いてしまう。

酔いがまわった頃、私はかなりセンシティブな質問をした。

「台湾に住む人って、やはり中国のことは脅威なの？」

「それがそうでもないんです」

ちょっと表情が固くなった。

「そんなことは起こらないだろうと、大半の人は思っているし、何かあってもアメリカが守ってくれるだろうってみんな信じています」

むしろ台湾に住んでいる日本人は、さまざまな情報が入ってくる分、不安に感じるらしい。ウクライナのことが他人ごととも思えないようだ。

「このあいだも、台湾に住むライターたちが集って、いろいろ話したんです。そして今の私たちに出来ることは、しっかり台湾のことを伝えることだ、ということになったんです」

そして彼女は、日本に帰った私たちにいろいろな本を紹介してくれたり、記事を送ってくれるようになった。

「これは台湾有事に私たちが出来ることを教えてくれた友人の書いた記事です」

田中美帆さんという女性が書いたものだ。彼女は日本の友人から来たメールに、ドキリとした。そこにはこの一、二年で中国はきっと台湾に侵攻するから、家族と一緒に帰国した方がいい、と書かれていたからだ。気持ちはわかるけれど、

「『次は台湾』と言われるのも、あまり気分のいいものではない」

そうでしょうね。

田中さんは考える。有事にしろ無事にしろ、問題は、台湾で暮らす日本人に出来ることはあるのかということ。

そんな時に日本の学者さんのリモートによる講演会があった。タイトルは「台湾有事と日台関係」。結論としては、今の段階では、中国の軍事侵攻は難しい。だからといって将来なにもないと決めてかかってはいけないと学者さんは言う。

その前に、日本は台湾への軍事侵攻を許さない、という世論を形成しなくては、という言葉に田中さんは感激し、とにかく台湾のことを一人でも多くの日本人に知ってもらわなくてはと決心したのである。

「私も田中美帆さんと全く同じ考えです」

というA子さんは、忙しいのにもかかわらず、私たちをディープな台湾に案内してくれた。

丼のご飯にびちょびちょの海老のフライをのっけてくれる屋台のおいしさ。そしてデザートは、

中年の女性が一人で黙々とつくる白玉と小豆。パイナップルケーキのいちばんの人気店も教えてくれた。行列が出来る野菜饅頭の店も。

どんどん近未来都市のようになっていく中国本土と違い、古い商店街がごちゃごちゃと残る台湾が私は大好き。今回素晴らしい案内人を得て、台湾を心から楽しんだ。

「もっともっと台湾のこと好きになってくださいね」

とA子さん。

「それが台湾を守ることになるんですから」

台湾を愛する日本人たちは、こんなふうに頑張っている。

# トシとったら

このたび文藝春秋の新社長が決まった。

古い読者の方は憶えておいでだろうか。この連載エッセイの初期によく登場していた「イイクボ青年」のことを。

当時はファックスもなく、私が原稿を書く間、彼はずうっとテレビを見ていたものだ。その彼が出世階段をかけ上がり社長就任となった。

長く作家業をやっているが、担当編集者が社長になった、というのは初めての経験である。めでたい。何かいいことがあるわけではないが、嬉しいものである。そういえば、〝上から目線〟で有名であった、このページの元担当者、ハトリさんは、停年退職後の昨年、作家デビューを果たした。長年の恩に報《むく》いるため、ちゃんと帯の推薦文を書いた私。そのせいとは言わないが、最初の歴史小説は売れゆきが好調で、重版となったそうだ。もう次回作も決まっているとか。よかった、よかった。

編集者から作家になる人は昔から多くて、最近もマガジンハウスの元担当編集者が、純文学系の文芸誌の新人賞を受賞した。先日も三島賞の候補になったばかりだ。

マガジンハウスの編集者だから、おしゃれでカッコいい青年である。フジテレビのアナウンサー試験の最終に残ったという経歴が自慢だ。彼が三島賞を受賞したら、島田雅彦さん以来の美男作家となったのに非常に残念である。次は頑張ってほしい。

ところで考えてみると、いや、考えてみなくても我々作家は受注産業。じっと待っていて、お仕事をいただくわけだ。編集者との関係はよくしておかなければならない。本が売れてくるとイバったり、私用に使う人がいるらしいが、とても信じられない話だ。

作家はトシをとったら、ますます編集者に気を遣わなくてはならないのである。

自分がもし若い編集者だったら、気を遣うジイさん、バアさんの作家のところなんかに行きたくない。それよりも若く売れてる作家をやりたいと考える。クラブ活動の延長のように、居酒屋で飲んだり、一緒に旅行に行った方がずっと楽しそう。

話は変わるようであるが、先週の日曜日は、わが大学のワールド・カフェ。新入生一万五千人がいくつかの会場に集まり、ひとつのテーマでディスカッションするイベントだ。

私もさっそく近くのキャンパスに行ってみることにした。思いっきり若づくりして、カジュアルな格好で出かけた。

二百人が五人ほどのテーブルに分かれる。

「理事長も参加してください」

ということで、四人のグループに入れてもらった。まずいろんな学部の子が集まってくるので、胸に自己紹介のカードをつける。

学部と名前、呼び名を書く。私はピンクのマーカーを使い、

「本部　マリコ」

と記して胸に張った。

が、まわりのコたちは固まっている。それでもあちこち歩くうち、

「一緒に写真撮ってください」

というコも。新入生はピチピチしていて本当に可愛い。Vサインはもちろん、手でハートをつくるようにと指示された。私もウキウキと楽しくなってくる。が、彼らから発せられるひと言、

「うちのお祖母ちゃんがファンなんです」

そうか……とうなだれる。この頃、

「母がファンなんです」

というフレーズには慣れたつもりであった。しかしついに「お祖母ちゃん」となったか。こうなってくると、電車で席を譲られる日も近いかもしれない。私はまだ経験していないが、あ

れはとてもショックなものらしい。

断わると相手の人に悪いしと、おろおろして次の駅で降りることもあるとか。

まあ、何を言いたいかというと、トシをとったら、社長になりそうな昔からの編集者にも、新しく担当になった編集者にも気を遣わなくてはならない。

さて、今日理事長室に着物姿の女性が現れた。打ち合わせに着物でやってきた編集者は初めてである。単衣《ひとえ》の藍染と生紬の帯という通の装い。高橋真琴風（これわかる人、かなりの年配かと）の花柄のパラソル。

「まあ、なんて素敵なの！」

「ハヤシさんのおかげで、おべべ道まっしぐらです」

彼女は私が西郷隆盛の伝記を書いた時の担当者。あと三人の編集者とチームを組み、奄美大島や鹿児島を旅したものだ。その時彼女は大島紬の魅力に触れたらしい。ボーナスをはたき、「銀座もとじ」さんで最初の一枚をこしらえた。

それならばと、まだ着ていない、しつけ糸がついたままの宮古上布をあげたところ、驚喜乱舞した。喜びのあまり、わざわざ沖縄まで飛び、ヘアメイクまでつけ着物姿を撮ったことは既にここでお話ししたと思う。

「ハヤシさんがくださったあの宮古上布のおかげで、私の人生は変わりました。会社にも毎日着物で行ってます」

「へえー」

「ハヤシさんも、着物で大学通ったらどうですか」

「まさか。田中優子先生の真似してるのかと言われちゃうよ。それに朝のあわただしい時間に、着物着るなんて絶対に無理」

「慣れてしまえばどうということありません。それより明日、何着ていこうかと考える楽しさに比べれば」

「そんなに着物増えたの？」

「五十代の私が着るとわかったら、七十代、八十代の方からいっぱいいただくようになりました。ハヤシさんにもこのあいだ写真を送った生成りの紬は、九十代の方からのものです。それからこの写真……」

何枚も見せてくれる。

「○○○さんからいただきました。帯も」
○○○さんは着物好きの作家である。しゅんとなる私。
「まあ……○○○さんは私よりずっとお金持ちだから。私も今度、きっと何かあげるからね。見つくろっとくからね」

他の作家の方々は、私よりずっと編集者を大切にしているのだ、とわかったのである。

# 夢の女

広末涼子さんの夫、キャンドル・ジュンさんのお店は、代々木上原の駅近くにある。

そして今回不倫相手となったシェフのお店も、代々木上原の駅の向こう側にある。私は行ったことがないが、とても高いお店だそうだ。

そのお店がコロナが始まった頃、店先でサンドウィッチを販売していた。うちの美人秘書がそれを買いに行ったそうである。すると件のシェフが出てきて、

「アルコール消毒液あげようか。サンドウィッチ、中で食べていったら」

とかなりしつこく言ったらしい。

「とても狎れ狎れしい人だと思いました」

と秘書は証言する。そしてYahoo!ニュースで見たというこんな話もしてくれた。

「私から見ると、髭はやしたふつうのオジさんですけど、彼は〝ゲイ界の橋本環奈〟と呼ばれ

ているそうです」

どういうことかというと、ゲイの人たちにとって、圧倒的に〝タイプ〟ということらしい。広末さんにとっても、好きなタイプだったのだろう。二人はたちまち恋に落ちた。

私はこのページでも何度か触れている。

成功した男性に、若い時好きで好きでたまらなかったアイドルが近づいてくる。もし自分のものになったとしたら、それは気が遠くなるような幸福ではないだろうか。

こうなると、奥さんも子どももこっぱみじんになる。とてもかなわない。今、ＩＴ業界の成功者たちは、芸能人とつき合ったり結婚したりする。

が、これと反対のことはまず起こらない。成功した女性が、かつて自分の憧れの人だった男性を手に入れる、なんてことは絶対に無理。

松田聖子さんは、福岡の高校生だった頃、

「今にスターになって、郷ひろみとニューオータニで結婚披露宴をするの」

とよく語っていたそうである。二人は結婚することはなかったが、恋人同士であった。聖子ちゃんは「夢の男」を手に入れたのである。

しかしこういうことは、芸能人だから起こり得ることだ。

成功して、ある程度の年齢になっている女性がいるとする。女性は猜疑心《さいぎしん》が強い。もしかつて憧れた俳優や歌手が近づいてきたとしても、

「何で？　お金が欲しいのかしら」

と思うに違いない。男性のように単純に、

「夢みたい……」

などと思えないはずだ。それに女性は、もしそういう関係になったとしても、自分の衰えたカラダを見せたくないと思うに違いない。その点、男の人はお気楽でいいですね……。

ところで昨日のことである。

お金持ちの男性が食事に誘ってくれた。銀座の某高級クラブのママも一緒。食事の後はママのお店に。一流店だけあって、若く美しいホステスさんがいっぱい。背中がぱっくりあいたドレスや、胸が半分見えるものを着ているが、若いから肌がピチピチしている。イヤらしくない。

友人も三人来ていて、こちらもみーんなお金持ち。ＩＴ関連や投資家である。みんなホステスさんたちとキャッキャッ楽しそう。

古典的な男性の「成功のあかし」であるが、やはり華やかでいいですね。地位もお金も手に入れた男性たちは、こうした特権を手に入れられるのである。

その時、傍らに座っていた男性が、

「ハヤシさん、僕のこと憶えていますか？」

と話しかけてきた。

「六年前にハヤシさん、『夜ふけのなわとび』に僕のことを書いたんですよ」

スマホで誌面の写真を見せてくれた。あの時友人のホームパーティーに来ていた彼は、奥さんがどんなにひどいか嘆いたのだ。意地悪をして、いつも自分のことを責める。優しくしてもらったことなんか一度もない。専業主婦なのに、家事を全くしないうえに、大変な浪費家で、ブランド品を買いまくる。

「だけど僕思うんですが、彼女という負の存在によって、運命のバランスがとれて、僕は仕事がすごくうまくいっているような気がするんです」

あれから月日は流れ、彼はやさしい女性と知り合った。今は一緒に暮らしているそうだ。

「しかし元ヅマ（正確には今ヅマであるが）が、絶対に別れない、と言って、今は離婚係争中です」

弁護士費用に、億というお金を使ったそうだが、かなりの額の慰謝料を示しても、奥さんは首をタテにふらない。

「この争い、永久に終わらないいんじゃないかと思ってます」

そういう彼の表情は明るくて、悲愴感がまるでない。このことを楽しんでさえいるようだ。

私は尋ねた。

「もしかすると、あなたが言う負の法則によって、お仕事、すごくうまくいってるんじゃないの」

「そうなんです。儲かって儲かって困るぐらいです。おまけに……」

これを見てくださいと、スマホの写真を見せてくれた。高級ワインが五十本ほど並んでいる。

「先週元ヅマの留守中に、ほっておいた地下のワインカーヴのものを持ってきたんです。元ヅマはワインに興味がなく、カーヴの存在も憶えてないかも。見てください、ロマネ・コンティが八本、ラ・ターシュは一ダース、ペトリュスは十本、どれも安い時に手に入れたものです。係争中、ずーっと家に寄りつかない間に、これらのワインの価値は爆上がりしてたんです。いったいいくらになるかもわかりません」

男女関係と、運との相関関係は確かにあるらしい。パーフェクトに幸せにならない方がいいと、私はいつも自分に言いきかせている。

## 私の恐怖

今、この原稿を書いている段階では、乗客の安否はわからない。ただ無事を祈るだけだ。タイタニック号見学ツアーの潜水艇の話である。

行方不明になったことがこれほど騒がれているのは、あの伝説の豪華客船タイタニック号への郷愁もあるだろうし、三千五百万円払う乗客への興味もあるに違いない。

が、閉所恐怖症の私は、ただドキドキしながらニュースを見ている。四千メートルの深海で密室のようなところに閉じ込められる。あたりは真暗、酸素は切れようとしているのだ。これほど怖ろしいことがあるだろうか。

閉所恐怖症の人たちは案外多くて、今日も仕事先でこの話になった。

「あんな大金を払って、どうしてあんな場所に行くのかしら」

「生存者が壁を必死で叩いているかと思うとつらすぎる」

そしていきつくところは、ＭＲＩの話となった。あのほら穴のようなところを進んでいくだけで、汗をびっしょりかいてしまうという人もいる。私も語る。

「何年か前、看護師さんが何かあった時の呼び出しボタンをくれなかったの。すぐに終わるからって。その時間の長かったこと。心臓がバクバクしてきたよ」

恐怖の記憶はぬぐうことは出来ない。私の友人に高所恐怖症がいて、世界一高いドバイのブルジュ・ハリファに上ったところ、屋上で真青になった。最後は座り込んだほどだ。

が、ふつう人はそれほど高いところに行かないような気がする。イヤならば、タワーや高層ビルに行かなければいいのだ。しかし閉所はいろいろなところに多数存在している。先ほども述べた人間ドックのＭＲＩ、エレベーター、地下の奥まったところのトイレ、うんと安いビジネスホテルのシングル……。エレベーターはなんとか我慢出来るが、最近片隅の三角の防災キャビネットを見るのはつらい。さまざまなことを想像してしまうからだ。もし地震が起こり、ここに閉じ込められたらどうしよう。知らない人と二人だったら……。いや多人数ならもっと嫌。トイレセットを使わなければならなくなったとしたら……などと考えると息苦しくなってくるほどだ。

昨日のことである。夫が一泊の旅行に出かけた。これはとても珍しいことだ。私がしょっちゅういろいろなところに出かけているのに比べ、夫はほとんどうちにいるからだ。その日は娘も仕事で留守で、私はひとりぼっちになる。

そんなことぐらいどうということはないだろうと思うかもしれない。が、私は極度の怖がりなのである。

うちのセコムのセキュリティは完璧だが、問題はそのことではない。この世のものではない何かが、本当に怖くて仕方ない。

うちの夫は何度かこう言ったのだ。

「一人で寝てると、誰かが廊下を歩いている音がする。ノックの音が聞こえたこともあるよ」

こともなげに言う。うちの夫は、冗談とか悪戯《いたずら》とかいうものとは無縁な人間だ。そしてうちのすぐ近くには有名な斎場がある。

「やめてよ……。本当にやめて……」

「別に何かイヤなことされるわけじゃない。ただ存在しているだけなんだから」

この会話を忘れることが出来ない私。一人で夜を過ごすことになる日、本気でホテルに泊まろうかとさえ考えた。

まあ、そんなことも出来ず、何人かで会食。お酒をちょっと飲んで帰ってきた。テレビをつける。お風呂に入る。この時もいろいろな想像をする。酔っぱらって帰って湯船につかり、今もし心臓マヒを起こしたらどうしようか。一階のセコムの緊急ボタンまでかなり遠い。明日の朝、裸で発見されたらかなり恥ずかしいだろうなあ。いや、死んでいたらもうわからないか……。

そして私はこの後、重大なミスを犯してしまった。小池真理子さんの新刊を読んでしまったのである。

短篇集の中に、ホラーが混じっていた。姪と二人暮らしの女性がいる。彼女の妹、つまり姪のお母さんは海の事故で死んでしまった。不倫相手も一緒にだ。

ある日家のブザーが鳴る。使っていない古いブザーで、壊れているはずなのに鳴った。訪ねてきたのは、不倫相手の妻である……。

これ以上書くとネタバレになるのでやめておくが、小池さんの美しいとぎ澄まされた文章が、じわりじわりとくる。それをたった一人の真夜中に読んだ私がバカだった。本当に眠れなくなってしまったのである。

部屋のあかりをすべてつけていることも大きいかもしれない。早く睡魔よ来て、知らないうちに朝になって、と祈りながら目を閉じる。しかし体中がハリネズミのようになっていくのがわかる。耳が物音をとらえようとしているのだ。

何も聞こえないけれど、何か聞こえたらどうしよう。人が静かに歩く音が聞こえたら……。

ああ、やっぱりホテルに泊まればよかった。ホテル代をケチったばかりに、こんなめにあうなんて……。

そして私はほとんど眠ることなく朝を迎えた。今日は重要な会議があるだけでなく、女性誌のインタビューも予定にある。寝不足がこたえて、肌がガサガサである。

インタビュアーが問うた。

「長く結婚生活をしていくうえで、大切なことって何でしょうか」

「やはりお互いの存在が必要だと、確かめ合うことではないですかね」

「存在がですね」

「私なんか夫がいないと眠れない。やっぱり夫は必要かもしれないと思いますからねー」

彼女は微笑した。

「ハヤシさん、よくご主人のこと書くけど、なんだかんだといっても仲よしなんですね」

「いや、そういうことじゃないんですが」

昨日の今日だったので、ついこんなことを答えてしまった自分が口惜しい。

## クマさんとシビウへ

まるで映画のような展開であった。

ワグネルのプリゴジン氏が、プーチンに反旗を翻《ひるがえ》したら、ベラルーシ大統領のルカシェンコ氏が間に、まあまあと入ってきて、

「俺の顔を立てて、こらえてくれや」

ということになった。

プリゴジン氏はもちろんであるが、このベラルーシ大統領が、とんでもない悪相。プーチン氏も加わって、悪相三人衆が織りなすドラマであったが、単に面白がってはいられない。現にこの間にも、ウクライナには攻撃があり、何人もの人が亡くなっているのだから。

ロシアのウクライナ侵略は、世界中のいろいろなところに暗い影を落としているのであるが、それをつくづく感じたのは今回のルーマニアのシビウまでの旅である。

成田からフランクフルトに行くまで、なんと十五時間半のフライトだ。今までは十二時間ぐらいで行けたのに、ロシア上空を避けているためである。

そしてここからがさらに遠かった。フランクフルトからミュンヘンへ飛び、そしてシビウの小さな空港へ。

到着した時はもう息もたえだえ、という感じ。時計は真夜中の一時をさしている。が、空港には何人かの人たちが出迎えてくれていた。国際演劇祭のスタッフの方から美しい小さなバラの花束をいただく。

「ようこそシビウへ」

そう、私はこの演劇祭でお芝居をすることになっているのだ……というのはもちろん嘘で、建築家の隈研吾さんと日本文化について対談する予定だ。

縁というのは不思議なもので、今、日本のルーマニア大使になっている方とは、三十数年前に知り合った。当時若き官僚だった彼であるが、エリート臭は全くなく、サッカー好きのとても感じのいい青年であった。彼が結婚する時には、京都での披露宴に参列しスピーチをしたものだ。彼が外務省に出向し、ルーマニア大使になっていたことは知っていたが、まさか自分が行くことになろうとは思ってもみなかった。

その大使が昨年の秋、日本に出張した際、私と隈研吾さんを食事に招いてくれた。そして私たちに、シビウの演劇祭で講演してくれませんかと言ってくださったのである。

有難いお話であるが、ルーマニアはあまりにも遠く、今は大学の仕事もある。どうしようかなと一瞬迷ったら、

「行こうよ、行こうよ。ルーマニア楽しいよ」

というクマさんの言葉。結局シビウ三泊の弾丸旅行ということになったのである。

そのクマさんであるが、成田で待ち合わせて驚いた。革の大ぶりのバッグひとつなのである。これひとつにすべて収めているという。

「カートをひっぱってると、いざという時に空港走れないから」

ということである。そういえば、四年前に一緒にネパールを旅行した時も、バッグひとつだった。

びっくりすることはさらに続く。ホテルに到着した後、倒れるようにベッドに直行した私と違い、クマさんは飲みに出かけた。

「ビールをひっかけた方がよく眠れるから」

ということである。世界的に活躍する人はこうも違うか……。

やがて、クマさんのパリ事務所から、女性スタッフ、ミルナさんが合流。二人はさっそく出かけていった。

「お散歩に行くの？」

「ちょっとクライアントとミーティング。こちらに来てもらったんだ」

あまりにも忙しいので、こうして出張先に、ヨーロッパの人には来てもらうらしい。今、世界三十カ国でプロジェクトが進行中ということ。

次の日、クマさんはブカレストの国立大学建築科の学生に講演をしたのであるが、立ち見も出て百人が受講。終った後は列が出来てサイン会になったそうだ。

なんかすごすぎる、世界のクマケンゴ。同い齢で三十代からの友人の私は感無量である。私だけがドメスティックな物書きであるが、クマさん、大使、まあ、これからも皆さん仲よくしてください……。

いけない、話がすっかりそれてしまった。シビウの演劇祭は、世界の三大演劇祭の一つといわれ、夏の十日間、世界中の演劇人が訪れて六百以上ものパフォーマンスを繰りひろげる。これを観るための観光客は七十万人にのぼるそうだ。

この期間中は、街のいたるところで、小さなパフォーマンスが繰りひろげられている。それを見る市民の楽しそうなことといったらない。気づいたのはスマホを構える人がほとんどいないこと。

「禁止されてるの?」

ボランティアの人に尋ねたら、今、目の前で起こっていることに夢中で、スマホで録《と》ろうとは思わないのではないかということ。さすがである。

昨日の夜は夏木マリさんが手がける『ピノキオの偉烈』を観劇。串田和美さんらと並んで今年の日本からの出品作品だ。これは共産党時代の工場を改装した小さな劇場で行なわれた。しかし始まりは夜の十時！　時差でコックリしたらどうしようと気が気ではない。

しかし全くそんな心配はいらなかった。若い舞踏団との素晴らしいダンスと、それぞれのシーンがつくり出す幻想的な世界。終ったとたん、満席の三百人の観客がスタンディングオベーション。ミルナさんは感動のあまり泣いていた。

拍手が鳴りやまない中、大使がマリさんに花束を贈呈。とてもいい光景であった。

終了後、皆で楽屋にうかがったらマリさんは、

「お客さんが目が肥えた方ばかりだからとても心配だったの」

と言っていた。そう、ここでは出演者も観客となる。シビウの演劇祭、この魅力的なお祭りについては、続きはまた来週。といっても三泊しかしていないが。

# パリはやっぱり

ルーマニアへ行くといったら、まわりの反応は全く同じであった。

「チャウシェスク」

「コマネチ」

この二つの単語しか知らない。それほど遠い国ということだ。

今回行ってわかったことがある。この国の人たちはとても英語がうまいということ。公用語はルーマニア語にもかかわらず、みんなふつうに英語を喋っている。

隈研吾さんと公開対談をしたのであるが、私がちゃんと英語を話せればよかったのに、とつくづく思う。そうすれば限られた時間、めいっぱい日本文化について話すことが出来た。ルーマニア語の通訳がついてくれたが、こうすると時間は二倍かかってしまう。

そしてもうひとつわかったことは、ルーマニアは〝飛び地〟のようなラテンの国ということ。

私が会った人たちは、みんなとても人懐っこくて明るい。美人が多いことにも驚く。

「ところで食べものはどうなの」

と多くの友人に聞かれたが、残念ながらちゃんとしたルーマニア料理はほとんど食べていないかも。スケジュールがびっしりなので、街のレストランで、パスタやバーガーを頬ばった。

一度だけ、演劇祭の日本人ボランティアと一緒に、いわゆる観光レストランに入った。私はこういう時、あれこれメニューを頼むのだが、最初のスープでお腹がいっぱいになってしまった。チョルバと呼ばれるこってりとしたスープである。ちょっと酸っぱいタイプのパンもおいしい。テーブルには、ハムやチーズのオードブル盛り合わせ、ハムとチーズたっぷりのサラダ（オーダーの仕方が悪かったかも）、トウモロコシの粉を練ったのを添えた豚肉の煮込みが、たっぷりと残ってしまった。

ボランティアの女性が、持って帰って、明日の朝ごはんにするという。

「これテイクアウト出来ますか」

と頼んだところ、快くオッケー。すぐに包んでくれた。それにしても信じられない安さだ。三人で一本ワインも頼んだのに、料金は八千円ぐらいであった。

コロナ以降、久しぶりにヨーロッパに来てわかったことは、

「日本って、なんて貧乏な国になったんだろう」

ということ。

帰り道、トランジットで寄ったミュンヘン空港で、ビール二杯とサラダ、ＳＵＳＨＩ盛り合わせ（Ｍ）を頼んだところ、チップも入れて九千円。

「シビウの三人分のディナーよりも高いじゃん！」

何を食べても買っても安かったルーマニアが懐かしい。しかもシビウの演劇祭の関係者という、ＩＤカードをぶらさげていると、みんなが親切にしてくれる。街をあげての大イベントなのだ。

空港に行く前に寄ったカフェでは、知らない年配の女性が代金を払ってくれた。

「わざわざ日本から来たんだから」

ということらしい。

皆さんありがとう、と別れを告げてシビウ空港へ。ここはびっくりするくらい小さな空港。申しわけ程度にひとつだけ売店がある。お土産をと入ったところ、ドラキュラのスノードームとチョコレートが売られていた。そうだ、ルーマニアはドラキュラの国なんだ。

この空港からミュンヘンに飛び、ミュンヘンからパリへ。一泊だけでもパリに寄り、日曜日に日本に帰ろうということになったのだ。

「パリではうちの事務所を見てよ」

とクマさん。なんと世界中、北京、上海、東京、パリと四ヶ所あるそうだ。ホテルは事務所に近いところにクマさんがとってくれた。

「私、よくフォーシーズンズに泊まってたんだけど」

「あんなとこ、今は一泊二十万ぐらいするよ。こんな円安の時に無理だよ」

ということで、泊まったのは小さなホテルであった。一泊五万円というなかなかの値段であるが、部屋はダブルベッドぎりぎりの大きさしかない。しかしバスルームは清潔で新しいし、朝ごはんもおいしい。今の私には、このくらいがいいかも。

朝、古市憲寿君がホテルにやってきた。彼もたまたまパリにいて、今日は夜のフライト前に、ランチを一緒にとることになっているのだ。まずは歩いて、クマさんの事務所へ。私の大きなスーツケースを、石畳の上を一生懸命運んでくれた古市君。ありがとうねー。いつも憎たらしいことばかり言っているけれど、本当はとても優しい青年だ。

迎えに来てくれた事務所の人が、通りに面した鉄の扉をカードキイで開ける。すると中庭が広がる。パリによくあるつくりだ。中庭の先にはいくつか旧い建物があり、その中にクマさんのパリ事務所があった。先にホテルを出たクマさんは、もう打ち合わせに入っていた。なんでもジョージアから来たクライアントだそうだ。

広い事務所には模型があちこちに。

「これはモナコの商業施設だよ」

とても素敵な建物の、完成予想図。

「これは今からパリにつくるホテル」

海外にくると、日本以上にクマ・ケンゴのすごさがわかる。

その後はみんな揃ってランチへ。古市君と仲よしの日本人シェフが、休日だけれども特別に開けてくれていた。なんと星つきの有名店。緻密な美しい料理が次々と出てくる。

古市君は友人を連れてきた。渋谷慶一郎さんといって、私でさえその名前をよく知っている現代音楽家だ。初音ミクのオペラまで手がけている。よーく見ると羽織をジャケット代わりに着ていた。この人が面白いの何のって。ランチは彼のひとり舞台だった。笑いころげる。

「パリがあんまり刺激強すぎて、ルーマニアの思い出がふっとびそう」

ついこんな言葉を漏らしてしまった私である。

# 大人の恋と人間ドック

暑い。

毎日ものすごく暑い。

ちょっと外を歩いたりすると、陽ざしの強さにクラクラしてしまう。

私はウィークデイは、日大本部に勤務している。ここは当然冷房がきいているのであるが、終わってから夜の街に出かけると大変だ。タクシーで帰ろうとしてもなかなかつかまらない。

最近のタクシー乗車の困難さは、バブルの時にそっくりと私は断言する。空車のタクシーが走っていないのだ。赤く光っている表示に近寄っていくと「迎車」とある。最近はアプリで呼ぶ客が多くて、繁華街でもつかまらない。コロナでたくさんの運転手さんがやめたことも大きいようだ。

このあいだは昼の表参道で、二十分待ったけれども一台も来なかった。こんなことがあるだろうか。

しかし、東京はタクシーが来なくても、地下鉄やＪＲ、私鉄がはりめぐらされている。タクシーを諦めて電車に乗ればいいだけの話だ。

本当に困っているのは田舎ではなかろうか。久しぶりにお墓まいりに行こうと思い立ち、故郷の駅に降りた。しかし一台たりとも停まっていないのだ。以前は十数台が客待ちをしていたのに。

仕方なく駅前のイトコの家に行き、そこから知り合いのタクシーを呼んでもらった。

運転手さんは証言する。

「コロナで、タクシー会社がふたつ潰れただよ」

人口三万ぐらいの町で、タクシー会社なんか三つぐらいしかなかったはずなのに。

「運転手も年寄りばっかで、もうなり手がいないズラ」

昔、両親が生きていた頃、それこそワンメーターの距離でも平気で呼んでいたが、あんなことはもうはるか昔のことらしい。

京都に住む友人も言う。

「いま京都駅に、外国人観光客のものすごい行列が出来ているよ」

本当に乗れなくて困っているらしい。コロナでタクシーが激減したところ、インバウンドが戻り、激増したのだ。同じ話を軽井沢からも。

「駅のタクシー乗場に、長い長い行列が出来ていたよ。本当に乗れないよ」

どちらもこの夏、行こうと計画しているところだ。いったいどうしたらいいのだろうか。京都は駅前のホテルに泊まり、軽井沢は歩くしかないと決めた。

さて、暑さもタクシー問題も憂うつであるが、もうひとつイヤなことが。それは人間ドックが近づいていることだ。

このあいだ平松洋子さんもお書きになっていた、内視鏡検査を今回もやる。昔はこれを嫌悪するあまり、何年も人間ドックを拒否していた。

が、数年前にとてもラクチンなところを見つけた。眠っている間に、上からも下からもみーんなやってくれるのである。問題はその前で胃と腸を空っぽにしなくてはならないということだ。

四日前から軽い下剤を飲み、前日はうんときついものに変える。そして三日前から食事制限がある。消化の悪いものは避けなければならないのだ。

説明書によると、ソバ、コンニャク、キノコ、玄米、野菜、果物、海藻は食べないようにとある。ご飯、パン、肉、魚はいくらでも食べていい。

そうすると悩みは始まる。

「冷ややっこはいいんだろうか」

原材料の大豆は穀物だけど、これはオッケー。

「毎朝のシリアルは？」

レーズンをとり除けばいいかもしれない。

そのうち私は大変なことに気づいた。人間ドックの前日に、友人と食事の約束をしていたのである。

いつも会う東京の友人なら延期してもらえばいいのであるが、彼女は地方に住んでいて、しかも今回は特別な食事なのである。

飛行機で行くぐらいの地方都市に住んでいるA子さんは、地元の放送局で営業をしている。私とはもう三十年近いつき合いになるだろうか。彼女の会社が主催する講演会に、出演したのがきっかけだ。それ以来、毎年果物を送ってくれる。この果物の名を言うと、すぐに地域が限定されるので言わないが、とにかく律儀で親切な女性だ。

学生時代、バレーボールの選手をしていた健康的な美人で五十代。結婚はしていなかった。

彼女はある日、一枚のポスターを見る。それは地元の財界の社長たちで結成したバンドだ。興味を持った彼女が聴きに行くと、サックスを吹くイケオジがいた。地元の銀行の頭取だった。その人は奥さんを病気で亡くしていた。

四年前、私が別の仕事でその街に行った時、彼女は食事の席に彼を連れてきていた。恋人と聞かされたのはその後のことだ。しかしその街では彼は有名人。デートは他の県でしなくてはならない。

他の人には見せられないので、よく二人の写真を送ってくれた。温泉やゴルフ場で本当に楽しそう。コロナの最中は、おうちで彼が料理をつくり、二人でワインを飲む写真もいっぱい。

籍を入れたのは昨年のことだ。

「一人で生きていくかとずっと心配だった」

と彼女のお母さんはうれし泣きしたそうだ。

「仕事で東京に行きます。主人もハヤシさんと飲みたいと一緒に上京します」

そんな彼女との食事を、どうしてキャンセル出来るだろう。すぐにＬＩＮＥしたら、一日早く来てくれることに。場所は予定どおり広尾のイタリアンにした。秘書は店に連絡を入れた。

「それからハヤシは食べられないものが。コンニャク、キノコ、玄米、海藻」

イタリアンレストランに、そう電話をした彼女を想像するととてもおかしい。

## 不倫のルール

木原官房副長官の記事を、週刊文春は六週続けて出したが、他のマスコミは産経を除いて知らん顔を通すことにしたようである。

テレビのワイドショーも、女性週刊誌もウンともスンとも発信しない。

スキャンダルの渦中にある木原夫人は大変な美人だそうだ。そのうえまるで東野圭吾さんの小説に出てくるような、すんごい半生。本来ならとびつきそうな素材である。

「おたくはどうして報道しないの」

と別の週刊誌の編集者に聞いたら、

「人の死がかかわっているから、迂闊《うかつ》なことは言えないんじゃないの」

ということで、私も何か重大なことに触れたら訴えられるかもしれない。であるからして、私はあっちの方ではなく、こっちの方の話をしたい。

そう、このへんで不倫の報道コードを決めませんか、ということである。

なんでも木原さんには、愛人がいて二人の間にはお子さんもいるそうである。こちらの方だけでも大スキャンダルであるが、あちらの方のインパクトがすごすぎて、みんな沈黙してしまっている。

しかも、この愛人については奥さんも承知していて、愛人宅へはちゃんと送り出してくれるらしい。

「なんら不適切なことはありません」

という木原さん側のお言葉もあった。

そうか、これからは奥さんが認めているから、不倫のことは問わない、ということになるのか。

私はスキャンダルにやられた、数々の政治家を思い出す。そう、細野豪志さんのキスシーンは忘れられない。美男美女で、まるでドラマのいち場面のようであった。あれなんか大目に見てあげればよかったのにと思う。神奈川県の黒岩知事とかもいたな。

昔の話では宇野総理のことが大ニュースだった。月三十万のお手当をもらっていた元芸者さんがすべてを暴露して、なんと在職二ヶ月で総理を辞めることになったのだ。

あの時私はこのページに、

「金をもらうわ、喋べるわ、では、この芸者さんちょっと仁義に悖《もと》るのでは」

と書いたところ、フェミニストの方々に随分批判された。が、今でも私はそう思っている。もしお金のことを持ち出されて不快だったら、その時、

「ふざけんな」

と金額を示す三本指を折ってやればよかったのである。

話がそれてしまったが、政治家の場合、奥さんはわりと寛大なような気がする。というわけで、

「私も承知しております」

という夫人の言葉があれば、もうそれ以上は後追いしない、というのがルールその1。

それから歌舞伎をはじめとする伝統芸能に携わる方々の不倫も問わない、というのはいかがであろうか。

何年か前、有名な歌舞伎俳優さんと先斗町《ぽんとちょう》の芸妓さんとの記事が載って、知り合いの評論家が、

「ふざけんな！」

と怒っていた。そういう世界には、ふつうの人がうかがいしれない男と女の関係がある。歴史も文化もある。そういうのを、何も知らない週刊誌記者が書くな、ということらしい。これがルールその2。

それから作家や画家にも特別なルールをつくってほしい。と思うのであるが、これは自分勝

手と言われそうだからやめておこう。

とにかく、今回の木原さんのことで、やっとヒステリックな不倫騒動が変わろうとしているのだ。歴史というのは面白いもので、大きな変化の前には、必ずといっていいぐらい象徴的なすんごいことが起こる。私たちは十年後、二十年後、この一連の騒動を懐かしく思い出すであろう。そして、

「あれが不倫の報道を変えるきっかけになった出来ごとだったなあ――」

と感慨にふけるに違いない。

なにしろ不倫された夫が、長々と記者会見をしたのである。そして不倫したシェフの方も、マスコミに出て独白したりしている。その合い間になぜか、広末さんのラブレターが出たりして、世の中に自筆の恋文のよさを啓蒙《けいもう》した。三人が三人いろんなことをしてくれるので、マスコミも一般人も、もうお腹いっぱいという感じ。

その直後に木原さんのことが起こったのである。そしてみんな、彼の不倫を黙認してしまった。

もう一回、確認します。

これからは奥さんも認めた、堂々とした不倫は後追いしないことにするんですね。

しつこいようだが、もう一度思い出そう。

不倫で消えてしまった人は、政治家以外にも何人もいる。

東出昌大さんは、あれ以来テレビや映画で見る機会がめっきり減った。ベッキーちゃんだって、一時期は可哀想だった。

もうあんな罪人扱いのようなことはやめるんですね。不倫で社会的地位を失うまで叩くっていうことは自粛するんですね。

もしこれから文春以外のどこかの週刊誌が、不倫の記事を書いたら私は言いたい。

「木原さんは許したのに、どうして？」

そうだ、木原さんは世の中を変えてくれたのだ。

ところで私の男友だちで、まるで呼吸をするように不倫するのがいる。先日一緒にご飯を食べた時、出産したばかりという若い女性を連れてきた。あきらかに愛人であった。

彼が子どもを有名私立小学校に通わせていた時、保護者のお母さんとねんごろになった。このことは学校中の話題となり、時代を感じさせるが「〇〇小学校失楽園」と呼ばれていたそうである。

彼は会うたびに、

「週刊誌に書かれたらどうしよう」

と心配する。有名人でないから大丈夫、と言えないところが最近の怖いところであった。しかし奥さんも薄々知っているから、彼は充分〝セーフ〟に違いない。

# あげます

今年もお中元に、いろいろなものをいただいた。

日本全国から、おいしいものが届く……などと書くと、

「アンタ、自慢していてイヤな感じ」

と言われそうであるが、もらう人はあげる人でもある。こちらからもお中元を数多く贈っているし、ふるさと山梨の果樹園から、知り合いに発送する桃の箱はかなりの数にのぼる。

お礼状を書くのは大変だ。

昨年まで私は自筆でハガキに書いていたが今年からはやめた。もうとてもそんな時間がない。ものすごくお礼が遅れたり、ついには書くのをやめるよりはずっといいだろう。

かなり昔、有名な映画監督に本を送ったところ、ハガキが一枚届いた。そこには、

「このたびは（　　）をお送りいただき……」

と印刷されている、つまり（　）の中に、品物を書くようになっているのだ。これならお礼状をもらわない方がよかったかもしれない。

ちなみに中年期に亡くなったこの監督は恋多き人で、私の知り合いの女優さんとおつき合いしていた。この女優さんから直接聞いた話であるが、朝ホテルの部屋にこの監督さんといると、女性マネージャーさんがノックする。

「監督、そろそろ新幹線のお時間です」

後年この女性マネージャーが奥さんと聞いて、彼女は驚き怒った。

私はここであのハガキを思い出す。

「このたびは（　）をお送りいただき……」

彼にとって所詮女性というのは、カッコの中をその都度書き替えていけばいい存在だったのかもしれない。

ところで今年のお中元に関してちょっとショックなことがあった。大阪の焼肉屋さんから、十年以上焼き豚を送ってもらっていたのだが、今回が最後になるという。

「外注していたところの釜が壊れて、もう二度とつくれなくなりました。もうお渡し出来ないと思うと残念です」

と手紙が入っていた。

ここの焼き豚のおいしさときたら、おそらく日本一ではないかと思う。脂がちょうどいい感じにのっている。タレも甘すぎず美味である。そのまま切って食べてもおいしいが、細かく切ってチャーハンに入れると、脂が溶けてとてもいい感じにご飯つぶがコーティングされる。ラーメンの上にのっけてチャーシュー麵にするのも最高だった。もうあの焼き豚が二度と食べられないかと思うと、残念でたまらない。

ここだけは直筆でお礼を書いた。

「おたくの焼き豚が食べられなくなったというのは、人生の大きな部分を失ってしまったような気分です」

本当に悲しい。

さて、私の極めて数少ない美質のひとつに、もの離れがいい、ということがある。ちょっと惜しいかなーと思っても人にあげることが多い。

何か貴重なものをもらったら、私よりもはるかに喜ぶ人にあげる、ということをモットーにしているのだ。

何年か前、有名な野球選手におめにかかり、サイン入りのバットをいただいた。私は考えた結果、少年野球の幹部をやっている知り合いにあげた。

「子どもたちに見せてあげてください」

さる大御所の脚本家が亡くなった後、塗りの立派なお椀のセットが届けられた。晩年親しくさせていただいていたことを、秘書の人が憶えていたのだろう。これは友人の脚本家に。遠慮する相手に言った。

「私が持っていてもタダのお椀だよ。どうか大切に使って」

その人は正月に知り合いの若い脚本家を集め、皆で雑煮を食したそうである。

私のおせっかいは知り合いだけにとどまらない。ある時、女性雑誌でアイドルの女性と対談することになった。会場のホテルに向かう車の中で、女性編集者たちとわいわい話していた。

「彼女って可愛いよねー」

「確かさ、デビューする前にカフェのウェイトレスしてて、そこでスカウトされたんだよね」

すると運転手さんが、すごい勢いで振り向いた。

「違います！　僕たちファンが力を合わせて、彼女がメンバーになれるように頑張ったんですよね」

それから、

「お客さんたち、これから本当に〇〇ちゃんに会うんですか。あの、終わるまでホテルの前で待っててていいですか。少しでも話を聞きたいんです」

私たちは顔を見合わせた。編集者二人はイヤな顔をしている。私は言った。

「運転手さん、そこまでしなくてもいいですよ。ここに資料として彼女のパンフ持ってます。あなたの車に乗り合わせたのも何かの縁だから、この表紙にサインしてもらってあげる。これをフロントに預けておくから後でとりにきてください」

彼が喜んだのは言うまでもない。

私の姪はいわゆる「もらい上手」で、私がかなり前にあげた洋服やバッグを、会う時に必ず身につけてくる。そのたびに私は、かつてはこれほど痩せていたのかと驚くのだ。

ところで今、私がとても悩んでいることがある。かつて人からもらったものを、高級品買い取り店にもっていくかどうか、ということだ。

最近ブランドもののバッグや小物が、ものすごい値をつけている。二十年前にもらって一度も使っていないお財布やバッグは、

「きっとくれた人も憶えてないよねー」

と秘書に言ったところ、

「ハヤシさん、ひとつでもそんなことをしたら、その人の前に立った時、一生後ろめたい気持ちになりますよ。絶対にやめた方がいいですよ」

そうか、売るのとあげるのとでは、天と地ほどの差がある。私はもう二度と、気前がいいのワタシ、と自慢出来なくなるだろう。

天知る、地知る、我知る、人知る、高級品売却。やっぱりやめとくか。

# ポリス

夏になり女の子の浴衣姿をよく目にするようになった。

とても可愛い。帯をセットで買うらしく、コーディネイトも素敵だ。最近目につくのは、浴衣にサンダルを合わせているお嬢さん。それは理にかなっているかもしれない。私にも経験があるが、慣れない下駄で外出するのは途中で拷問になってくる。何度捨ててしまおうと思ったかしれない。袴にブーツというのもアリなのだろう。浴衣にサンダルというのは、これからのコンセンサスであろう。

しかし世の中は私のように、寛大なおばさんだけではない。聞いたところによると、〝着物ポリス〟というおばさんがはびこり、若い女性にあれこれ注意するという。親切心からであろうが、知らない人に帯やらあれこれいじられるのは気分のいいものではない。

少し前のこと、結婚式に出るために訪問着姿でホテルへ向かった。トイレに入って、私はちょっと怯《ひる》んだ。なぜなら私と同じぐらいのおばさんが三人、ぺちゃくちゃ中でお喋りしている。そしてじーっと私を見た。それはあきらかに、獲物を狙っている目であった。

用を済ませドアを開けた。女性は三人まだそこに立っている。そしてすかさず一人が叫んだ。

「ちょっと、ちょっと、帯のタレ（お太鼓結びの下端）が上がってますよ」

トイレから出た後、後ろ向きになって鏡に映し、帯をチェックするのは当然のことである。が、女性はそれも許してくれないのだ。

「わかってるわよ。手を洗ってからしようと思ったのに、うるさいわね！」

私は言いたかったが、もちろん黙っていた。そして、

「ありがとうございます」

とそっけなく答えたのであるが、これが〝着物ポリス〟かとつくづく思った。若い女の子がこれをやられたら、どんなに不愉快であろうか。

しかし私は今、ポリスになっている。それは〝ワンコポリス〟である。

この記録的炎天下で、犬を散歩させる人はさすがにいないと思いきや、午前中の遅い時間や、早い夕暮れに犬を連れて歩く人は少なからずいる。

私は犬を飼っていた時、朝の六時に歩かせていたが、それでも日射病になってしまった。

「せめて五時にしてください」

と獣医からきつく言われてしまった。

しかし九時、十時によたよたと犬を歩かせている人は少なからずいる。そういう人に限って、スマホを見ているから嫌な感じである。

先日、郷ひろみさんのコンサートを見ようとＮＨＫホールに出かけた。が、友人と待ち合わせをした時間までかなりあった。私は代々木公園まで歩き、ウーロン茶をぐびぐび飲みながらあたりを見わたす。

いました、目の前にトイ・プードルを連れた若いカップル。男性は例に漏れず短パンにＴシャツ。からむといちばんうるさいタイプである。

飼い主にはプライドがあるのは確か。だから私はまず犬に声をかける。

「まあ、なんて可愛いワンコちゃんなんでしょう！」

それから、

「でも道が熱くて、ちょっと可哀想かもしれないわね」

ちらりとこちらを見る飼い主さん。不機嫌そうになるが、なんとかちょっとは気づいてほしいものだ。

さて、私は他にも〝ポリス〟をやっている。それはあの有名な〝整形ポリス〟というもの。

なぜならば、この頃私と同世代か少し下の女性たちが次々とやり始めたからだ。芸能人ならあたり前のことであるが、ものを書いたり、コメンテーターとして出ている女性がある日、違う顔になっているのにはびっくりする。

文化人といわれる女性がやってはいけないのか、と問われそうであるが、はっきり言ってやり方がヘタ。女優さんやタレントさんなら、一流の医師が注意深くやるのであろうが、文化人の女性は、いきなり大規模にやるような気がする。そしてポリスたちの飲み会で好餌となる。

「○○さん、どうしてあんなことになっちゃったのかしら……」

「もともとキレイな人だったのに、どうしてあそこまでやるのかしら」

が、このポリスは婦警だけである。男性で整形に気づく人はまずいないからだ。

この頃少なくなったが、〝自粛警察〟もすごかった。コロナの最中、それ、マスクをしていなかった、宴会をしていた、といって怒る人たちである。

その傾向は続いていて、ちょっと楽しそうなことをしている人たちを、徹底的に叩く。そんな人たちも見ているSNSに、旅行の様子をのせた自民党の女性議員たちは、本当に不用心だなあと思う。

私などこのあいだもパリに一泊して、古市憲寿クンたちと評判のレストランでランチをしたが、それを書いても、

「ああ、そうですか」

という感じ。文字というのは有難いもので、読む人は穏やかに受けとめてくれる。そもそも私のことを嫌いな人は、このページを開かないので、私の楽しむ様子を知らないのだ。

これがもしレストランでの写真を、SNSにのっけたりしたら、悪口はいっぱいに溢れ返る

に違いない。

ところで今日、大学の秘書課の女性たちが花束をくれた。

「『夜ふけのなわとび』四十周年おめでとうございます」

なんと私も忘れていたが、一九八三年の八月に、この連載は始まっていたのだ。週刊文春の編集部も忘れている。担当者も何も言わない。

ひどい。いくら今、気まずいことがあったとしても。私はこれからアニバーサリー・ポリスになるからね。

# 有名人

羽生結弦さんがご結婚されたそうである。

本当におめでたいことだ。

しかし私はわからない。いったいどんなところでデートしていたのであろうか。羽生さんほどの有名人が、どこかで二人きりで食事をしたりしてまわりに気づかれないはずはない。個室を使うにしても、それは海外なのではないか。

謎は深まる。

週刊誌報道によると、最近の傾向として、売れている芸能人は同じマンションの別の部屋に住むことが多いと。こういうところだとセキュリティがしっかりしていて、車の出入りも撮られないそうだ。

私の友人の某有名人は、都内の豪華マンションに住んでいる。そこは大通りに守衛みたいな人がいて車を通してくれる。長いエントランスを通り地下の車寄せに。なるほどここなら、タクシーから乗り降りする姿を全く見られないわけだ。

もっともこの部屋の帰り、コンシェルジュに車を頼んだところ、乗り込むやいなや、タクシーの運転手さんが、

「お客さん、知ってる？　このマンション◯◯◯（友人の名）が住んでいるんだよ」

「そうなんですか……」

「このあいだなんて、俳優の△△△と歌手の×××を乗せたんだよー。きっとさー◯◯◯のとこ、行ってたんじゃないのおー」

こういうところから秘密は漏れていくのだとつくづく思った。

そして心配になるのは、大谷翔平選手のことだ。今や日本人の心の星、希望の象徴である。この方がどんな女性と結婚するか、というのは、今や国民的関心ごとだ。もはや、お妃が決まる前の王子さまのよう。

しかし若い女性で、

「大谷翔平と結婚したい」

という人に会ったことがない。あまりにもだいそれた夢で、人に言えば笑われることはわかっている。

「願わくは、ありきたりに女子アナとしませんように」

と祈ることがせいぜい。

そこへいくと、中高年のおばさんたちは私を含めて、すごく図々しくなっている。娘を持っている人は、寄るとさわると、

「娘のおムコさんになってくれないかしら」

シンデレラの義母みたい。結婚して子どもまでいる娘にも、

「なんなら別れて、大谷選手と一緒になりなさいって言ってるの」

と支離滅裂《しりめつれつ》なことを言っている。

しかしそれにしても、今、大谷選手ぐらいデートするのがむずかしい人がいるだろうか。日本のみならず、アメリカでも超有名人なのだ。しかもあの体格である。レストランでも公園でもすごく目立つに違いない。

かなり以前のことであるが、私はある有名タレントさんと何人かで地方に行ったことがある。プライベートでだ。

地方のお祭りに出かけるためである。

私は祈るような気持ちになった。

「どうか、目立たない格好で来てくれますように」

彼女は素晴らしいプロポーションで、脚がやたら長い。本当に小さな顔に大きな目。まあ田舎ではちょっと見ることのないほどの美人さん。地味なお洋服を着ても人目をひいただろうに、

その日の彼女のファッションは超ミニに、幅広の大きな帽子だ。

「あちゃー！」

こうなったからには、私がマネージャーとなって守らなくてはいけないと決意。彼女にぴったりとついた。

が、祭りの屋台の前は大騒ぎとなった。私は有名芸能人を見て、人はこれほど卑しくなるのかと驚いた。それまでよろよろと歩いていたお爺さんが、パーッと駆け出し彼女に触ろうとする。

「やめてください！」

とさえぎったら、どけ、とはたかれた。

老いも若きも、ガラケーを持って、突進してくるのである。

「みなさん、下がって、どいてください！」

私は必死であったが、肝心の本人は、わりとふつうに、むしろ楽しそうに歩いている。なんかすごいなーと思ったものだ。

ところで、先日中国人の日本への団体旅行が解禁になった。本当に大丈夫だろうかと、心配するのは私だけではないだろう。

今だって、街や空港は外国人観光客で溢れている。羽田空港国際線のタクシー乗り場は長い列が出来て、このあいだは乗るのに一時間半かかった。国内線の方には行っても、国際線の方にはなかなか車が来ない。

それはスーツケースのせいだと思っている。特に欧米人のスーツケースの大きさときたら尋常ではない。お棺ぐらいのものを平気でひきずっている。

それを運転手さんは、イヤイヤながらトランクにのせている。どうしてあそこに、屈強な若い男性をひとりふたり立たせないか不思議でたまらない。男性が無理ならチップ制の導入であろうか。

昔、日本には「お心付け」とか「ご祝儀」の習慣があった。ゆきとどいた人は、いつも小さなポチ袋を持ち歩いている。今でもお店の従業員や運転手にそっと渡す人は結構いる。

欧米にはチップの習慣があるはずであるが、彼らは来日するにあたり、こう教わってきたに違いない。

「日本ではチップはいらない。ホント」

もし彼らが本国と同じようにしていたら、タクシーの運転手さんも積極的に外に出て、トランクに運び入れるであろう。

ごくまれであるが、私も運転手さんに声をかけられる時がある。

「ハヤシマリコさんじゃない？　声でわかったよ」

そういう時はＳｕｉｃａを使わず、現金で多めに払う。ついミエを張ってしまう。

中国の団体の方々も、日本の運転手にミエを張ってほしいものだ。お金持ちなんだもの。

# ザ・クラウン

諸事情により、今年は夏休みなし。

うちに帰って、ひたすらだらだら過ごす。テレビはつまらないので、再びネットフリックスのお世話に。

以前、

「ネトフリは、私から限りなく時間を奪う」

と書いたような。が、やはり面白い。

話題の『サンクチュアリ　聖域』であるが、冒頭のいじめシーンについていけず、単発の映画へ。そして途中で挫折した『ザ・クラウン』を見始めたところ、これにずっぽりハマり、気がつくと時計が午前一時をさしている、という日々が続いた。

そしてすっかり英王室ファンに。もともと皇族や華族が大好きで、本も一冊書いている。文藝春秋から出した『李王家の縁談』は、朝鮮の皇太子に嫁いだ梨本宮方子を中心に書いた。これは『梨本宮伊都子妃の日記』を元にしている。これが面白いの何のって。昔の皇族の妃が、いわゆる〝書き魔〟で、克明な日記を書いているのだ。

長生きして、戦後は民主主義についていけなかった。テレビで見る正田美智子さんに憤慨したりしている。

かなり波乱万丈の人生であったが、英国王室には負けるだろう。なにしろ不倫や離婚がてんこ盛りなのだ。

私は『ザ・クラウン』を見てから、英国王室を日本の皇室と同じぐらいの情熱を持って調べるようになった。

ウィンザー公のシンプソン夫人との「王冠を賭けた恋」はあまりにも有名であるが、好きな女性のために、国王をやめる、というのだからたまげる。姪のマーガレット王女も、妻帯者と不倫して泣く泣く別れることになるのだ。このマーガレット王女というのは、エリザベス女王の妹であるが女優のような美しさ。非常に魅力的だ。別れた後、別の人と結婚したが、双方浮気しまくっていたという。

『ザ・クラウン』では、エリザベス女王の夫君、フィリップ殿下そっくりの俳優さんが出てくる。長身でイケメンで、上目遣いのところもそっくり。このフィリップ殿下は、ギリシャ王室の王子だったが、政変によりフランスに亡命。その後親戚を頼ってイギリスにやってきた。海軍にいた時、十三歳のエリザベス女王がひと目惚れしたというのは、あまりにも有名だ。が、このフィリップ殿下も、かなりあちこちで浮名を流したという。

そしてきわめつきは、チャールズ現国王。カミラ夫人を忘れることが出来なかった。ダイアナ妃と結婚してもだ。

エリザベス女王は、チャールズ現国王をはじめとして四人の子どもをお持ちだが、このうちなんと三人が離婚している。ふつうの家族でもあまりない確率だろう。皆さん、強いパッションと行動力を持っている。が、考えてみると、六人の妃を持ったヘンリー八世の子孫なのだ。六人の中には、首を斬られた人もいる。私は少女の頃、『1000日のアン』という映画を観て深いショックを受けた。今も『ビッグコミックオリジナル』で、ヘンリー八世と王妃アンの娘を描いた連載があるが大変な力作だ。

さて『ザ・クラウン』では、チャールズ国王のつらい青春が始まろうとしているところまで見た。皇太子だから、さぞかしちやほやされてきたのだろうと思いきやそんなことはない。寄宿舎ではいじめられて本当に可哀想。

私は一度だけおめにかかった国王のことを思い出す。今思うと本当にすごい体験だ。しかしあまりいい記憶はない。

あれは三十七年前のこと。そう、チャールズ皇太子（当時）がダイアナ妃と初来日された時のことだ。日本中がダイアナフィーバーにわいた。その頃、直木賞をとった私も、話題の人ということで英国大使館にお呼ばれした。ここでダイアナ妃とおめにかかり、ちょびっとお話ししたことは、長いこと私の自慢であった。しかしチャールズ皇太子のことは忘れていた。いや、忘れようとしていたのかも。

レセプションはかなり長い時間行なわれた。皇太子夫妻は人々の中に混じり、気さくにお話しになった。本当に大変だと今にしてみれば思う。

私はといえば、ダイアナ妃とお話し出来たことですっかり満足し、そこにいた有名人、蜷川幸雄さんなんかとお喋りしていた。

そこにちょっと酔っていたのではないかと思う、池田満寿夫《ますお》さんがやってきた。

池田満寿夫さん。懐かしい名前だ。今の若い人は知らないかもしれないが、彼の描いた絵は世界で高く評価され、小説を書けば芥川賞をとった。同時に、天才肌の天真爛漫《てんしんらんまん》な性格が大衆受けし、テレビにもよくお出になっていた。私も大好きな方だった。

「いやー、ハヤシさん、久しぶり」

とても楽し気だ。

「ねえ、ねえ、チャールズ（呼び捨てだった）に会った？」

「いいえ、まだです」

「ダメだよ、ちゃんと会わなきゃ」

池田氏はあたりを見わたす。チャールズ皇太子は、ちょっと離れたところにいて、年配の男性と何かを話されているところであった。

「ねえ、ねえ、ちょっと、ちょっと」

池田氏は皇太子の肘をひっぱった。えー、そんなことしていいの？　と凍りつく私。氏は無邪気に話しかける。

「この人（私のこと）は、作家なんだよ。いつも男と女の愛の戦いを書いてるよ」

「ふうーん、それでどちらが勝つの」

「女ですよ」

「もちろん、そういうものだ」

という会話が行なわれた。これ自体は親切な池田氏が私のためにしてくれたエピソードなのであるが、これを目撃していたさる大物がいた。その方は週刊誌に話し、池田氏の非礼ぶりが小さな記事になった。傍らの私は、

「消え入りそうな声で、イエス、イエスを繰り返していた女性作家」

となっている……。

## 西武の恩

西武デパートが、大手百貨店では六十一年ぶりのストライキをした。あまりにも赤字がたまり、親会社のセブン&アイ・ホールディングスから見捨てられることに反発してだ。

ニュースによると、社員はデパートの従業員として就職したのだから、それを全うしたいという。これを我が儘と見るかどうか、議論が分かれるところであるが、私のように縁のある者から見ると、

「やはり西武の社員としてのプライドがあるんだなぁ」

と懐かしい。

若いコメンテーターの人たちには到底わからないであろうが、八〇年代の西武文化というのは本当にすごかった。ひとつの企業が、時代をつくり出していたのだ。

コピーライターの糸井重里さんと、デザイナーの浅葉克己さんのコンビが、次々と広告をうち、それが世間を席巻していった。ウディ・アレンが和服を着て、自筆の書をひろげているポスター。そこには墨で「おいしい生活」と書かれていた。あれを見た時の衝撃。当時の空気がすべて集約されていたし、ハリウッドの大スターをこんな風に使える資金力。

そしてこの頃、私の人生も動き出していく。このあたりのことは何度も書いたり言ったりしているので気がひけるのであるが、あえて今回も言わせてほしい。

大学を卒業したものの、全く就職先を見つけられなかった私は、アルバイト生活をおくっていた。住んでいたところは、上池袋といって池袋のはずれ。西武デパートのある東口からは二十分ぐらい歩く。ごちゃごちゃと小さい家が立ち並ぶ界隈で、ボロアパートの四畳半だ。

ある時、そのアパートに、一人の女の子が引越してきた。銭湯の帰り、たまたま一緒になった彼女は言った。

「私はコピーライターをしてるの」

それがすべての始まりである。なんだか私にもできそうな気がして、夜の養成講座に通った。卒業、プロダクションへの就職、しかし全く芽が出ない。やがて憧れの糸井重里さんの塾に通い、面白そうなコがいると電話番に拾ってもらった。

この頃、糸井さんは沢田研二さんの「ＴＯＫＩＯ」の作詞などもしていて、「おいしい生活。」「不思議、大好き。」で、世間をアッと言わせた。

糸井さんはすぐに、私に全くコピーライターの才能がないことに気づかれたようであるが、それでもほってはおけないと、フリーランスで仕事がくるようにしてくれた。それだけでは食べていけないので、西友ストアの宣伝部に、嘱託として勤めるようになったのは、宣伝部長が私を可愛がってくれたからだ。

ちゃんと机ももらい、サンシャイン60ビルの中にある、西武グループの一員になった。これがどんなにすごいことだったか、私は後に知ることになる。

赤坂プリンスホテルで行なわれた、

「西武クリエイターの集い」

というものに私も出させてもらった。あの時のことははっきりと憶えている。

当時カリスマ中のカリスマだった社長の堤清二さんもいらして、糸井重里さん、浅葉克己さん、仲畑貴志さん、秋山道男さん、日暮真三さんといった、スター級のクリエイターがいっぱい。キャビアだって出た。生まれて初めて食べたキャビア。

そして池袋にあった西武美術館のパスだってもらった。西武はコンテンポラリー美術を中心とした、美術館を持っていたのだ。

やがてなんとか私にチャンスを与えようと、宣伝部長さんたちが大きな仕事をくれた。そのプレゼンテーションの日、私たちはサンシャインの上の階にある社長室に向かう。赤絨毯が敷きつめられたフロア。ふだんはTシャツのデザイナーも、この日はスーツを着ている。堤清二

さんにポスターの試作品を見せる日だ。みんな緊張している。が、私が書いたポスターのコピーを見て、堤さんはひと言、

「まるでヘタな現代詩だね」

みんな真青になる。後に作家になった私に、堤さんはよく言ったものだ。

「僕のあの言葉で、今の林さんがいるんだよ」

恩を忘れたことはない。私は三十五年間、ずっと西武に外商をお願いしている。前はよく宝石を持ってきて見せてくれたりしたが、今はお中元とお歳暮ぐらいであろうか。しかし大量の内祝いが必要な時は、やはり西武に頼む。

しつこいけど私たちの時代、デパートは三越ではなかった。伊勢丹でもなかった。西武だったんだ。あのキラキラした感じを、今の人に伝えるのはむずかしい。西武を核に、クリエイターという言葉が一般的になり、メジャー、マイナー、金魂巻《きんこんかん》、ルンルン、やがてバブルがやってくる。その最中、やはり西武はカッコいいイベントを次々とうち出していったはずだ。そう、西武は間違いなく日本をリードする文化であった。

今の店員さんは、その西武の光芒《こうぼう》を知っている人たちだろう。そのプライドをかけて、みんなストライキを始めたに違いない。そして海外ファンドやセブン側の株主に、意地を見せたのだろう。ストライキの次の日に売却されたが、まあこれだけ話題になったのだから、当初の目的は果たしたことになろう。

話題になったといえば、ジャニーズ事務所の問題に触れて、ニュース番組のMCやコメンテーターが、みんな神妙な顔をして同じことを口にする。

「問題が起こった時に、真摯《しんし》に向き合ってこなかった私たちマスコミも、きちんと反省しなくてはいけませんよね」

これを言いさえすれば、ミソギは済んだと言わんばかり。木原問題を全くスルーしようとしている人たちが、どのクチで言うんだと私はひとりテレビに向かってつぶやいている。

# 北千住

私の友人のスポーツトレーナー、A子さんは、マツコ・デラックスの『月曜から夜ふかし』に、いつも怒っている。足立区の描き方がいつもひどいと言うのだ。

「竹の塚の、前歯のないおじいさんとか、路上で缶ビール飲んでるおじさんばっかりテレビに撮ってる。あれなら、みんな足立区はあんな人ばかりだと思いますよ」

彼女に言わせると、足立区の北千住のあたりは、おしゃれなお店が多いうえに、どこも安くておいしい。本当にいい街だそうだ。

特に彼女の住んでいるところは、

「足立区の田園調布」

と呼ばれているという。

公園もあって住みやすい。小学校からの同級生が近所にいて、しょっちゅう皆と飲み会をし

ている。その子どもたちが、同じ学校に通うことが多く、
「もしイジメなんかがあったら、タダじゃおかない」
という雰囲気もあり、足立キッズもみんな仲よし。
「とにかく私は、一生ここに住んで、他に行く気は全くありません」
ということである。

さて、話は全く変わるようであるが、私の八年前に出版された小説に『中島ハルコの恋愛相談室』というのがある。主人公は図々しくてケチで、何でもズケズケ言うけれど、その率直さで皆からアドバイスを求められる、という設定だ。

連載中から非常に評判がよく、皆から面白い、面白い、と言われた。が、そのわりにはあまり売れず、ほぼ半年間プロモーションに費やしたものの、重版も一回したかしないか。

まあ、こんなことはよくあることなので、仕方ない、と気持ちを切り替え、別の連載を書き始める私。

小説は三年たつと文庫本になる。ここで再び挑戦するわけであるが、最近は文庫本が驚異的に売れなくなっている。編集者に言わせると、買う人は単行本で買う。が、文庫になるまで、と待つ人はいない。世の中から文庫本を読むという習慣がなくなったのだ。

そこで私の担当編集者は、一計を案じた。皆の反対を押し切り、タイトルを変えたのだ。
「ハヤシさん、『最高のオバハン　中島ハルコの恋愛相談室』と変えますが、いいですか」

「いいんじゃないの」

そうしたら、文庫はそこそこ売り上げたうえに、ドラマ化の話が来たのだ。しかも主演は大地真央さんである。あの美しくエレガントな大女優に、「オバハン」は似合わないだろう、と思った。しかし大地さんは、自分勝手でチャーミングなオバハンを見事つくり上げたのである。それどころか、この役をとても気に入ってくださり、第二シリーズまでつくられたのだ。

そして今回は舞台化され、その劇場が北千住なのである（やっと結びついた）。

北千住に行くのは生まれて初めて、とは言わないが、二度めか三度めか。やはり以前この劇場に来たような気がするが、場所もまるで憶えていない。

調べてみると、代々木上原から北千住までは千代田線で三十五分ある。雑誌を持って乗り込んだ。土曜日ということもあり、すぐに座ることが出来た。乗り換えなしでラクチン。

北千住の駅に着く。思っていたよりずっと大きな駅だ。劇場は駅前のビルの中にある。入り口で友人二人、文藝春秋の編集者たちと待ち合わせた。とても立派な劇場である。

「有楽町や新橋じゃなくて、どうして北千住？」

などと思った私が恥ずかしい。今日は初日で満席だ。いや、九日間、ほぼ満席らしい。

お芝居はミステリー仕立てで、それに宝塚ミュージカルのテイストが入る。何より大地さんの美しいこと。とっかえひっかえ着替えてくださるのだが、イブニング姿で階段を降りてくるシーンは、あまりの美女ぶりに観客からため息が漏れた。

最後はスタンディングオベーション。みんな大喜びである。

「楽しかったね！　さて、何を食べようか」

女三人、全く知らない街。私はグーグルであらかじめ調べておいた。駅から四分のところにおいしそうな魚料理の店がある。日本酒もいっぱい揃えてあるそうだ。

「もう予約してあるよ」

「おいしそうな店だね」

「もしハズレでも、知らない街でのことだから楽しいじゃん」

はたしてそのお店は、魚がどれも新鮮でとてもおいしかった。が、やや高いかも……と思う私は北千住を見くびってるのかも。

「私ね、こんなバーを見つけたよ」

友だちがスマホの画面を見せる。

「ここから歩いて五分だって」

確かに素敵な店であった。バーテンダーは二人。蝶ネクタイをびしっと締め、カクテルをつくってくれる。店に流れる曲は、ワーグナー。

「今日はオペラデイです」

大満足。ほろ酔い気分で駅まで歩いた。ずっと飲み屋街が続く。週末とあって、どこも若い人でいっぱいだ。それに前歯のないおじいさんや、道路で飲んでいるおじさんなんか一人もいない。流行の格好をしたカップルやグループが、通りから見える店で飲んでいる。

「本当に楽しかったね。いいとこだね。北千住、またすぐに来ようね！」

と約束して、駅前で別れた。夜も遅かったので、深く考えずにタクシーに乗り込む。

「お客さん、何しに北千住来たの」

「お芝居観にですよ」

「へえー、北千住でお芝居？」

「運転手さん、いい劇場あるじゃないですか」

「へえー、どんなお芝居やってるの？」

会話が続く。が、いつまでもいつまでも高速道路も続く。そして家に着いた時、料金の高さにのけぞる私。

北千住、やはりめったには行けません。

## 政治家になる

第二次岸田再改造内閣の顔ぶれが決まった。

恒例の写真を撮る際、あれーっと思った人は多いに違いない。前回は古い方の官邸の、歴史ある階段を使っていた。が、今度は新しい官邸の階段だ。前の方が重みがあってよかったと思うが、岸田さんちのプライベートの写真が流れたことで、すっかり因縁の場所になってしまった。

今回のリストを見ていて、気づいたことがある。海外の大学や院を出ている人が結構いる。外務大臣になられた上川陽子さんが、ハーバード大学大学院というのはなるほどという感じ。その他にも、環境大臣のハーバード大学大学院、デジタル大臣のジョージタウン大学、こども政策担当大臣のコロンビア大学大学院という、きらびやかな学歴。高卒の方はいない。

私の若い頃は、大学に入ったことのない叩き上げの大臣がいらしたものだが、今はそういう人が政治家になりづらい時代だ。かなり残念だ。

女性が五人いる。若い女性の大臣もいてぐっと華やかになった。

入閣の電話を待っている様子が、テレビに映し出されている。もう何時にかかってくるか決まっているのだろう。

直木賞受賞の知らせを待っている時を思い出した。

「一緒にするな」

と言われそうであるが、皆に囲まれ、カメラに撮られながら受話器をとるシーンはよく似ている。直木賞受賞は前から決まっているわけではないが、選考委員の動向を編集者がリサーチしてくれていた。

「今年は大丈夫そうだ」

ということになると、次第に取材陣も増えていった。

ずっと以前、選挙をテーマに小説を書いていた時、投票日の選挙事務所の様子を聞いたことがある。それによると、落選しそうな候補者の事務所からは次第に人が消えていくそうだ。特に大手新聞の記者の姿が見えなくなると、

「もうダメだ」

と観念するという。

反対に当選しそうな候補者のところには人がじわじわと増えていく。一緒に万歳をしたいか

らであろう。

そんな風にして当選しても、政治家の人はいろいろと大変そう。なにかあればすぐに叩かれる。岸田さんちのプライベート写真もそうであるが、ふつうの家族ならどうということもないことでも、

「公人とその家族」

ということで、バッシングにあう。

私は政治家になりたい、と思ったことは一度もない。あんなめに遭うのはまっぴらだと思う。が、今自分が似たようなめに遭ってみると、つくづく政治家というのはすごい人たちだと実感した……。

というようなことを、友人の女性政治家にメールしたら、

「私なんか、もうこういうことを三十年やってるんだよ」

と返ってきた。

が、私は彼女やその友人を見ていると、政治家ってちょっと楽しいかも、と思う時がある。同期だと「ちゃん」とか「君」とか呼び合ってとても仲よし。みんなでお酒を飲んだり、旅行に行ったりする。いろんな勉強会は多いし、私の友人の場合は読書会をしているそうだ。

もちろん暗部だってあるだろう。かなり前のことになるが、知り合いの男性が、参議院議員に当選した。そうしたら毎日が「謀略の日々」で、毎晩集まってはいろんな企みをする。それ

がたまらなく興奮の日々だったそうだ。今でも、

「あの時は楽しかったなあ」

と口にする。

こうして国会議員の方々は、とても充実した日々をおくっているようであるが、反対に今、問題になっているのは地方議員のなり手が少ないことだ。町会議員、村会議員の立候補者数が、定員までいかない町村も多々あるという。最近では全国の町村で、三割を超える議員が無投票で当選したという。これはすごいことではないだろうか。

昨日のこと、うちの夫がぽつりと言った。

「区議会議員に立候補しようかな……」

働きたいし、人の役に立つこともしたいんだそうだ。

「あーら、いいじゃない」

と私。

「〝怒り老人党〟っていうのをつくれば、結構票が集まるかも」

今朝もえらい剣幕で怒っていた。昨日は月曜日で新聞休刊日であった。そうすると今日の朝刊にはおとといの内容が載ることがある。ラグビーW杯チリ戦の様子がでかでかと出ていた。

「二日前のことをこんなに大きく載せてふざけるな。今から新聞社に電話してやろうかな」

駅前まで歩けば、工事の車が道半分をふさいでいる。

「こんな権利ないだろう。ちゃんと許可とってるのか」

と怒鳴る。

「こんな物価高なのに、年金からこんなに税金とって許せない」

怒りの矛先は政府に。

「そうだよ、こんだけ老人人口増えてるんだから、老人の利益を代表しなよ。区議会議員なんて言わないでさ、もう国政に参加したらどう。シルバー・デモクラシー、怒れる老人たち集まれって呼びかければ、当選するかもね。私も一回ぐらいは、応援に行ったるわ。そうだよ、やってみなよ」

などと私が冗談でけしかけたので、すっかりその気をなくしてしまったようだ。政治家の妻というのも面白そうだったのに残念である。

そういえば、あの木原さんが大臣に、と思ったが、同姓の違う方でした。

## モンゴルがいっぱい

みんなが言うので、私も同じことを書きたくないのであるが、ＴＢＳドラマ『ＶＩＶＡＮＴ』が終わってしまい、日曜日の楽しみがなくなってしまった。

最初はスルーしようと思った。なぜならあまりにも忙しく、日曜日の夜はやり残した仕事や家事をしなくてはならない。が、まわりの人たちが、

「すごく面白い」

と口々に言うので、見ないと話題についていけなくなってきた。口惜しいので、初めてＴＶｅｒなるものをインストールした。

そして一話を見たのであるが、まるで映画を一本観たような濃密さ、迫力。興奮して二話、三話と半徹夜となった。

ロケ地に使われるモンゴル平原の素晴らしさ。どこまでも続く砂漠の広さ。私は二十数年前

に行った、かの地を思い出した。モンゴルに行った人はなかなかいないであろう。私も友人に強く誘われなかったら、おそらく一生無縁だった。

「ウランバートルに、素晴らしいオペラ劇場がある。戦後日本人捕虜が建てたんだ。そこでオペラ聞いて、あとは砂漠行って遊ぼう」

と三枝成彰さんが団長となり、仲間四人で行った。ちなみに女性は私だけであった。

当時のことは、もちろんこの連載に二回くらい続けて書いたので、くどくど言うのはよそう。ゲルに泊まったり、ラクダに乗ったりしてとても楽しい旅であった。

ウランバートルの街に、一軒の日本料理屋さんがあり、北朝鮮出身の夫婦が経営していたので三枝さんは大喜び。

「北朝鮮の人たちが日本食つくるのかー」

と感心し、道端で会った日本人留学生を何人も店に誘った。

肝心のオペラであるが、かなりレベルが高い。歌手たちはロシアに行って勉強してくるんだそうだ。

つい最近のことであるが、ローマ歌劇場の日本公演『椿姫』を観に行った。主役の二人も素晴らしかったが、休憩の時に話題になったのは、ジェルモン役のバリトン歌手である。あの有名なアリア『プロヴァンスの海と陸』を歌う、アルフレードのお父さん役だ。

これを演じたのは、アマルトゥブシン・エンクバートさんと言って、世界的に有名なモンゴルの歌手。私も初めて聞いたのであるが、すごい声量であった。

「ラグビーの稲垣選手によく似てるね」

と私が言ったら、

「そう言えば」

と音楽に詳しい友人。

「昔、ハヤシさん、モンゴルに行ってオペラを観たこと、週刊文春に書いたよね」

「書いた、書いた」

モンゴル人の歌手たちは、モンゴル語でオペラを歌うことも。

「それで『トスカ』を観て、板東英二さんそっくりのカバラドッシが、『星は光りぬ』をモンゴル語で歌う、って書いてあって、僕は何年たってもあの箇所をずっと憶えてるよ」

そして今回の『椿姫』を観て、またそのことが呼び起こされたらしい。私の書いた文章を、それほど長く記憶にとどめてくれていたのは本当に嬉しい。

ニュースを見ていたら、国連総会に参加するためニューヨークを訪れた岸田さんが、モンゴルの大統領と握手していた。なんでも、日本の立場を支持すると言ったらしい。「ＶＩＶＡＮＴ外交」という見出しをつけたスポーツ紙もあった。

そういえばこのドラマ放映前から、東京エレクトロンという半導体の会社が、モンゴルをロケ地に、ずっとＣＭを流していた。

歌いながら水を汲みに行く遊牧民の少女たち。そこに凛々しい少年が馬に乗ってやってくる。

「〇〇のお兄さんだって」

そこでひとめ惚れする二人。そしてゲルの中で、少女は少年にパソコンでラブレターを送る……というあのCMが私は大好き。私の中で既に〝モンゴル〟熱は始まっていたのである。

それなのに私は、ブータンとモンゴルをよく間違える。たぶん民族衣装がよく似ているからであろう。

そこに降ってわいたようなマツタケの話題。

今年は雨が少なくて、国産のマツタケは大変な不作だという。そこでブータン産マツタケの登場とテレビで言っていた。ブータン産は見た目も味も、国産と遜色ないそうだ。

「ブータン産のマツタケかァ……」

世界一幸福な国のキノコ。なんとなくおいしそうではないか。北朝鮮産のマツタケよりずっといい。別にあちらのマツタケの品質がどうということではなく、食糧難にあえぐ人たちが、外貨獲得のために、隣国の富める人たちの贅沢な食材を探す構造が嫌。空腹をかかえた人たちが、深い山中に入り込んで見つけてくれたものかと思うと、あまり食欲がわかない。

ところが今、北朝鮮の輸出の目玉といえばマツタケなんかではない。カツラだという。なんと中国への輸出品目一位というから驚きだ。新聞に写真が出ていてぞっとした。パーマっ気もない真黒な髪。北朝鮮の女性たちが、どんな気持ちで髪を売ったのか。プーチンと談笑しているかの国のトップへの怒りと相まって、そのカツラを見るのは本当につらい……。

モンゴルの話がブータン、そして北朝鮮になってしまった。北朝鮮が少しでもマトモになり、世界の人たちとつき合えるようになることを祈るばかりである。国土を映画やテレビのロケ地に開放すれば、人気が出ることは間違いない。マツタケやカツラよりも、はるかに多い外貨をもたらすだろうと私は思う。『愛の不時着』も、ぜひ北朝鮮版をつくって欲しいものだ。『VIVANT』の次シリーズも、ぜひあそこで撮って欲しいなあ。

## 意外なつながり

最近ちょっと驚いたことがある。

加藤鮎子こども政策担当大臣、キレイで頭のよさそうな女性だなあと思っていたら、バツイチで前夫が宮崎謙介さんという人だと。

宮崎謙介……。

聞いたことがあるような名前だ。そうあの宮崎さんではないか。衆議院議員時代、男性国会議員として初めて育児休業をとるとかで拍手を浴びたが、奥さんの入院中に不倫をしたことが週刊文春で報じられ、辞職したあの方。そしてその奥さんが、テレビのコメンテーターとなっている金子恵美さん。宮崎さんは、美人の自民党女性議員二人と結婚していたことになる。

なんか、これ、すごくないか。

前の配偶者が意外な人だったりすると、人はとても興奮する（私だけか）。

実はまわりでもそういうことがいっぱいあるが、なかなか名前が出せないのがつらいところである。

もうお二人とも故人となっているので、お名前を出させていただくと、二十年ほど前、私は田中宥久子《ゆくこ》さんという美容家と親しくなった。田中さんの考案した造顔マッサージは、ぐんと若返ると大変なブームとなったものである。思い切り力を込めて、顔の筋肉を上げていくものだ。田中さんから直弟子として丁寧な指導を受けたが、ちゃらんぽらんな私は、田中さんが亡くなられたらすぐにやらなくなった。今でも熱心に続けているのが黒柳徹子さんで、あの若さの秘訣である。

その田中さんの別れたご主人が、東急文化村元社長の田中珍彦《うずひこ》さんだとわかった時は、みんなが大層驚いた。あの文化村を創り上げ、中村勘三郎さんの「コクーン歌舞伎」を始めた有名な方だからだ。

知り合いの一人は、

「それぞれによく知っていたが、〝田中〟というありふれた苗字なので、結びついたのはかなりたってから。本当にびっくり」

と語っている。

どちらも違う分野で名をなしたクリエイターで、とても素敵なお二人であった。

この方々のように有名人ではないが、私のまわりの編集者たちも、くっついたり別れたりが激しい。新しく担当になり、とても気が合うA社のB子さんが、週刊文春の私の担当者だったCさんと同棲していた……などという話はよくあること。うっかりワルグチも言えない。

ある雑誌の編集部では、ダンナさんと奥さん、その元奥さんの三人が在籍していたこともあったそうだ。

このページでも一度書いたことがあるが、某新聞社で連載をすることになった時、担当の女性記者が私のところに挨拶に来て言った。

「ハヤシさん、主人の結婚披露宴に来てくださったそうでありがとうございました」

はて、どういうことであろうか。やがてわかった。彼女の夫は、かつての私の担当者と結婚していたのである。担当者だった彼女が週刊誌の部署にいた時、確かに結婚披露宴に出てお祝いのスピーチをした。三人とも同じ新聞社に勤めているため、ややこしいことになるのである。

さて、週末は初秋の岐阜・高山へ。私が参加している文化人の団体、エンジン01のシンポジウムがあるのだ。昨年岐阜市でエンジン01のオープンカレッジを開催したところ、とても評判がよかった。そのため、今度はぐっと少人数でやるエンジン02を高山で、ということになったのである。

名古屋から特急ひだに乗り換え二時間と少し。美しい緑を眺めていると、アナウンスが始まる。かなり若い声。

県立岐阜高校ESS部の生徒が、英語であたりの観光案内をしてくれるのだ。とても綺麗な発音で、後ろの外国人の夫婦は、「おお」と喜んでいた。

話は変わるようであるが、最近新幹線の英語アナウンスの向上は驚くばかりである。コロナ前は、それこそカタカナでふりがなをふって読んでいるのかと思うほどであったが、最近はとてもなめらか。おそらく業務の傍ら、一生懸命練習なさったのであろう。頭が下がる。

岐阜高校の生徒さんのアナウンスを聞きながら高山駅に到着。ここを訪れたのは今から十数年前であるが、大きな建物が随分増えた。大きなスーツケースを持った外国人旅行者もいっぱい。高山は今、大変な人気観光都市になっているのだ。

その日さっそくオープニング・シンポジウムが行なわれた。「文化の力でウェルビーイングってナンヤローネ？」。私はすぐに後悔した。

落合陽一さん、勝間和代さん、茂木健一郎さん、日比野克彦さんらの話に全くついていけなかったからである。彼らはＡＩによって創り出される文化を語り出す。

「いまスタンフォードでは、ナンタラカンタラの価値を高める実験が流行ってるんですよ」

「ナンタラカンタラが、それは既に実証済みだと発表しています」

そのうち、今、落合さんがやっている高山での展覧会の話になった。

「あれは絶対に見た方がいいですよ。本当に素晴らしいから」

ということでさっそく行ってみた。昔の豪商の邸宅が、民藝館になっている。ＡＩ技術でつくった茶碗が、骨董品と並んでいるのが、本当に面白い。

ど肝を抜かれたのは、これまたＡＩで創った仏像。生成ＡＩの文字データから二次元の姿をつくり、そこから三次元データを起こすという解説だが、どういうことかまるでわからない。テレビのキャスターをしている落合さんは、それこそトガったファッションでキメているが、礼儀正しく優しい青年である。アナログの年寄り（私のこと）の傍で、ひとつひとつ親切に説明してくれる。

ところで、落合さんのお父さまは、あの落合信彦さん。世界を舞台に力強いドキュメンタリーを描き続けてきた方。夫婦やカップルもいいが、こういう意外な親族というのも、私の好奇心をそそるのである。なんかすごいなあ、と心から思う。

# クッキー工場

先々週号の週刊文春のスクープは、貴乃花さんの再婚であった。

これは世間の皆が祝福した。十七歳の時に知り合った初恋の女性と、めでたくご結婚なさったというのだ。好きでつき合ったけれど、成就出来ずに別れた二人。中年になった時に、男性の方はバツイチになり、女性の方はご主人を亡くしていた。共通しているのは、どちらも立派にお子さんを育て上げたということ。

世の中の人たちは、いろいろな出来ごとで、貴乃花さんの誠実で不器用な性格をよーく知っている。

「これでやっと幸せになれるんだね。よかった、よかった」

とたいていの人は拍手をしている。私もケチをつける気は毛頭ないのであるが、作家であるからして、言葉の使い方をちょっと考えてみたい。

この記事の最初の方は、いかにも初恋のイメージにふさわしい文章が書かれている。

十両昇進のお祝いの会で知り合った十七歳と高校三年生。

「渋谷のハチ公前で待ち合わせをした」

初めてのデート。そして横浜でデートを重ね、

「海沿いのベンチに腰掛け、時間を忘れて二人の将来を語り合った」

ふむふむ、最近のインタビューでは、

「十七、十八歳の頃に、デートらしいデートをすることができた。今も心の支えですね。その思い出があるから、少々のことがあっても耐えられたような気がします。たった一度きりの青春でした」

ここまで読むと誰だって、十代の二人は、何回かのデートという淡い関係だと思う。が、後半で衝撃の展開が。

「東中野にアパートを借り、家内と暮らし始めました」

つまり同棲ということですね。まだ十代の二人は一緒に暮らしていたというのだからびっくり。

ここで意地悪な私は、あのテレビのシーンを思い出す。中学を卒業した貴乃花は、兄と二人揃って藤島部屋に入門する。お父さんとはもう親子ではない。弟子と師匠になるのだ。二人を送り出す憲子夫人（当時）は涙ぐんでいた。感動的な場面だ。が、あの後、ずっと部屋に住ん

でいたわけではなかったんですね。

いや、同棲が悪い、というのではないんですよ。ただ記事の書き方が、アレっと思っただけ。これほど「初恋」を前面に押し出すのは、三時間も話してくれた貴乃花さんへの感謝と遠慮があったのかな。

何はともあれ、今度こそ幸せになってくださいね。

幸せといえば、週刊文春で連載中のコミック「沢村さん家のこんな毎日」の三人は、本当に幸せそうだ。平均年齢六十歳で、お父さん七十歳、お母さん六十九歳、娘のヒトミさんは四十歳とある。

「娘が結婚してくれれば」

とか、

「孫の顔が見たかったのに」

などと、無いことを考えたりしない。両親の仲はよくて、お父さんは図書館に通う知的で穏やかな人。娘のヒトミさんは、かなり奥手であるが、とても優しく両親思い。私はこの一家が大好きだ。

が、先々週号のヒトミさんはちょっと怒っていた。いや、悔しがっていたというべきか。歩いていたら、歩きスマホの人とぶつかりかけた。躾《しつけ》がゆきとどいているヒトミさんは、

「あっ、ごめんなさい」

ととっさに謝ったのに、相手は迷惑そうな顔をしたのだ。非常に珍しいことであるが、ヒトミさんはムカつく。

私は悪くない、向こうが悪いんじゃん、と思う。が、さらに彼女は考える。

「わたしは悪くなかった、と思った時、人はなぜこんなに悔しくなるのでしょう。誰にも庇《かば》ってもらえない空しさ。『悪くなかったよ』と言ってもらえない無念」

ヒトミさんはとぼとぼ夜道を歩きながらつぶやく。自分で自分に。

「悪くなかったヨ」

これ、わかるなーと声をあげた人は多いに違いない。

最近の世の中は、小さな悪意に満ちている。街に出れば、ちょっとしたことでこづかれたり、舌うちされることはしょっちゅうだ。ヒトミさんのように、歩きスマホの人にぶつかりそうになったり、カートにつまずきそうになるのは数知れず。そんな時、

「気を付けてくださいよ！」

という言葉をぐっと呑み込むと、とたんに心が苦しくなる。しかし文句を唱えるのは、気力体力をぐっと使うことだ。ふつうの人はしない。そしてその苦しい心をどうするかというと、ヒトミさんのように、自分で自分を宥めるのである。

さて、またまた話は変わるようであるが、最近尊敬する先輩や知り合いの訃報が、次々と届けられる。同い年ぐらいだと、まだ「アクシデント」と思いたい自分がいる。

が、自分よりかなり年上の方だと、

「やっぱりなあ……」

という気持ちが強い。

百一歳で亡くなった私の母は、よく言っていたものだ。

「人間、死なないわけにはいかないんだから」

そりゃあ、そうだと当時は軽く受け流していたが、この言葉が年ごとに重くなってくるのである。

この頃、私の頭の中に、大きなクッキーのオートメーション工場の風景が出来上がっている。ちょうどいい焼き具合になると、ベルトコンベアはザザーッと音をたてて、クッキーを下に落としていく。

まだこんがり焼けていなくても、ちょっとコゲがついたりすると、クッキーははじかれてしまうということもある。つまりボケてしまうということですね。

「私、最近もの忘れがひどくて。おかしなこと言ったり、固有名詞が出てこないようになったら言ってね」

と編集者に頼んだら、

「ハヤシさんは昔からそうだったから気にしなくていいですよ」

と慰めてくれる。しかし彼らも次々と定年退職に。そしてクッキーのベルトコンベアに並べられている。まあ、落ちていく前まで幸せに暮らしたいものだ。

# 美女について

出版社ではないところに勤めている、ふつうのサラリーマン三人と、西麻布のワインバーに行った。

ここは夜遅くまでやっているうえに、カレーやおそばというメニューも多く、値段もリーズナブル。しかも重要なことは、奥に個室があるのだ。

入っていくと、まだ早い時間なのでお客は少なく、カウンターの奥に二人の美女が座っている。

「マリコさんが来るっていうので待ってたのよ」

一人は私のよく知っているテレビプロデューサー、もう一人は超人気女優のA子さんである。彼女とは対談でお会いしたぐらいであるが、お酒が入っていらしたこともあり、とてもフレンドリー。

「マリコさん、またねー」

と名前で呼んでくださり、私は皆に面目をほどこした。

振り返ると三人はぽかんと口を開けたまま。女優が帰るやいなや、次々に叫ぶ。

「すっげえ綺麗」

「テレビで見るより顔小さい」

「脚長い。背高い。すごい」

そして次に彼らがしたことは、奥さんにメールすることであった。

「今、西麻布のバーで、女優のA子と飲んでる」

とかなり虚偽の自慢を。私は呆れながらもとても嬉しかった。

女優さんというのは、そこにいるだけでこれほど人を幸福にするのだ。彼らにささやかな幸せを味わってもらっただけで、本当によかった、よかった、と思う私である。

若い時、人のうちで元モデルの美人女優さんと呑んだことがある。夏のこととて、彼女は素足であったが、足の裏までやわらかくピンク色で、あれには本当にびっくりした。

「美人というのは、隅々まで美しくつくられている」

きっと神さまが注意深くおつくりになったのであろう。

こうした美人の話の後で、私のことを言うのはナンであるが、デタラメだらけのヤフコメの中にこんなのがあった。

「この人は、若い時から整形で顔をいじくりまわして」

なにか勘違いしているようであるが、そう悪い気分ではない。そうかー、そんな風に見られていたのか。

低周波をはじめとする、いろいろなエステをやってきたのを言っているのかもしれない。

とは言うものの、私もそろそろ決断をしなくてはならない時がきた。私のまわりの女性たちが、中年から高年になりいじり出したのである。

「マリコさん、私、内緒だけど◯◯◯したのよ」

「へえー、そうなんだ」

「でもね、すごくうまい先生にやってもらったから、自然でわからないでしょう」

「わからない、わからない」

すごくわかる。目が不自然にぱっちりしている。ああいうのだけはやめようと思っていたのであるが、先週のこと、眼科医へ行った。右目の奥が痛み始めたからである。視力検査の結果、悪いのは右目でなく、左目ということがわかった。

「右目だけで無理して見ようとしているからものすごい負担がかかっているんですよ」

「その右目ですが、この一ヶ月で急に瞼がかぶさってきたんです」

「眼瞼下垂《がんけんかすい》ですね。紹介状書きますから、そこで手術してもらうといいですよ」

ふーむ。そこで悩みが。アイメイクでごまかせそうな気がするが、手術か、イヤだなあ。私

の友人は、やはり眼瞼下垂になり病院に行ったところ、

「保険なら三万、整形手術ということなら百万」

と言われ、どう違うのですか、と質問したところ、

「丁寧にやるかやらないかの差」

と言われ、三万円コースにしたそうである。

彼女に会う時についジロジロ見てしまうが、眼鏡をかけているせいか、とても自然でいい感じである。私も三万円コースにしようか、どうしようかと考える今日この頃である。

ところでまた、女優の話に戻るが、昨夜の『映像の世紀バタフライエフェクト』は、「運命の恋人たち」というテーマであった。かなり長い時間をさいてマリリン・モンローのことをやっていた。その映像に確かな記憶があった。

モンローが亡くなったのは一九六二年だから私が八歳の時である。学校行事で、町の映画館に皆で映画鑑賞に出かけたのだ。その時ニュース映画で流れたのが、モンローの死亡である。アーサー・ミラーと結婚した時のキスシーンが流れ、昔の田舎の小学生たちはどよめいた。そんなのを堂々と見たのは初めてだったからである。

今回あらためて見ると、モンローの美しさ、愛らしさがつくづくわかる。そしてアーサー・ミラーがかなりのイケメンであることも。婚約した時、モンローは仔犬のようにまとわりついている。しなだれかかり、首に手をまわし、かた時も離れたくないという風。照れながらも嬉

しそうなアーサー・ミラー。

当時は最高の知性と最高の美貌との結婚、とか言われたらしい。こういうインテリの男性が、美女にコロッといく例を私たちはよく見聞きしている。そこに多少の自負心はないのかよーと言いたくなるくらいだ。

私の友人で、根っからの女好きがいるが、彼がこう言ったことがある。

「若くて美しい女を欲しがる男を見ていると、何の美意識も知性もないと思うね。本当に恥ずかしいことだと気づかないのかな」

私もそうだ、そうだ、と賛成したのであるが、私が言ったところで何の説得力もないことがわかる。

時々私は妄想する。若かったら、うんとダイエットして、整形ばっちりして美人の人生というのを一度味わいたかったなぁ。そこにはどんな世界が拡がっていたのだろうか。私の見たことのない場所が見えるかも。

あのワインバーの女優のように、すれ違っただけで人に幸福を与えられる人。そういう人にもなりたかった。その前に目のたるみを直さないと。美女の妄想ももう無理かな。

# ホテルの話

御茶ノ水の山の上ホテルが休館する、というニュースは衝撃だった。

いろんなところで、言ったり書いたりしているのでご存知の方もいるかもしれないが、私の物書き人生はここから出発しているのである。

今でこそ『野心のすすめ』などという本を書き、人間努力しなければ、などとエラそうに言っている私であるが、二十代の頃はそれこそ〝ぐーたら〟のカタマリのようであった。

その頃、椎名誠さんらが出てきて昭和軽薄体が売れに売れていた。作家でない人が書いたエッセイがもてはやされ始めた。

同時に糸井重里さんや仲畑貴志さんたちのおかげでコピーライターブームも起こり、コピーの新人賞をとり、糸井さんの〝女弟子〟だった私にも白羽の矢が立ったのである。

たまたま知り合いになった主婦の友社の編集者が言った。

「ハヤシさんも、うちから本を一冊出しませんか」

わー、うれしい、と思ったものの、長いものの書き方などまるでわからない。次第にめんどうくさくなり、一年近くほっておいた。そうしたら編集者も業を煮やし、ある日私のところにやってきたのである。

「ハヤシさんは、コピーライターの世界では、ちょびっと名前を知られたかもしれないけれど、世の中であなたを知っている人なんか誰もいないよ。そのあなたの本を、うちみたいなちゃんとした出版社で出してあげる、と言っている。こんなチャンスを僕は与えてあげたのに、どうして書かないのか」

かなり強い口調であった。もごもご言い訳しているうち、私の頭の中でひらめいたことがあった。

「御茶ノ水に、作家の人たちが『カンヅメ』になる山の上ホテルというのがあるらしい。私はずっとそれに憧れているんです。あそこで書かせてくれたら、私、がんばりますけど」

「それはいいね」

彼は言った。

「すぐに予約してあげるよ。その替わり費用はハヤシさん持ちね」

という条件の下、私は原稿用紙と着替えを持ってホテルに向かった。丘の上にあるクラシカルなホテル。作家たちが愛する文化人のホテル。投宿して感激したのは、全く無名の私を、ちゃんと作家扱いしてくれたこと。広めのデスクには蛍光灯が用意され、クッキーがひと缶置かれていた。本当に嬉しかった。

そして私はここで初めての本『ルンルンを買っておうちに帰ろう』を書くのであるが、その後もよくここに泊まるようになった。散らかっている自分の部屋と違い、本当に快適だったからである。

ある日のこと、鍵をもらおうとフロントに近づいたら、編集者らしき人が立っていた。そして、

「池波正太郎先生はいらっしゃいますか」

と言いつつ私をジロリ。それは、ここはお前みたいなチンピラが来るとこじゃないよ、と言いたげであった。

というわけで、私はやがてホテルを替えた。九段下のグランドパレスを使うようになったのである。その頃は出版社も景気がよく、お金を出してちゃんと「カンヅメ」にしてくれたが、全く出る気にならず、あと半月自分のお金で泊まり続けたりした。夏服で入ったのに、チェックアウトする時は秋服だったこともある。印税もかなり入ってくるようになり、独身だった私はホテル暮らしを満喫していたのである。

が、それも遠い思い出。グランドパレスも今はない。そして山の上ホテルも消えようとしている。たくさんの本を書かせてくれたあのデスク、あの窓ぎわの部屋。山の上ホテルのルーム

サービスの朝ごはんの素晴らしさ。炊きたてのご飯に、ジュージュー音をたてていそうな鮭……。休館前に泊まってあれを食べなくては。

さて先週のことである。私がかかわっている３・11塾（３・11震災孤児遺児文化・スポーツ支援機構）の支援パーティーが開かれた。今年私は忙しさのあまり、全く手伝うことが出来なかった。ライブオークションの景品を見て私は息を吞む。なんと大ファンの大谷翔平のサイン入りユニフォーム、それもＷＢＣのが展示されているではないか！

「こ、これは……」

「私がお預かりしてきたのよ」

理事の一人Ａ子さんがこともなげに言う。スポンサー筋のお金持ちのうちに行ったらこれがあり、チャリティオークションのことを話したら、その場でくださったそうだ。

「これすごいね。みんなが欲しがるね」

ところが、オークションが始まると、そう手が挙がらないではないか。女性が多いため価値がわからないらしい。私はとっさに隣りの人に頼んで札を上げたのであるが、主催者側であるということを考慮し、途中で下りた。落札額はそれほど高いものではなく、私は口惜しい気分になる。大好きな大好きな大谷選手のユニフォームが手に入ったかもしれないのに……。

そんな時、スーツを着た背の高い青年が声をかけてきた。

「マリコさん、久しぶりです」

名札でわかった。3・11塾の塾生でいつもパパと来ていた兄弟のひとりだ。

「えー、こんなに立派になって」

「今はここに勤めています」

私も初めて彼に名刺を差し出した。

「あのチビッ子だったあなたと、名刺を交わす日がくるとは……」

涙がとまらない。大谷選手のユニフォームの無念はふっとんだ。

そして女の子たち三人も寄ってくる。みんな本当に素敵な女性となり、大学生や専門学校生。一人は大学院に行くそうだ。みんな可愛いワンピースを着ている。こんなすごいホテルに来るのは初めて、着ていくものがないと言ったら、やさしいA子さんが自分の若い時のものをくれたという。初めてのホテル体験が、六本木のグランドハイアットなんて緊張はあっただろうけどよかったね。どうか今夜のことを憶えていてほしい。

## 同級生

友だちがハワイから写真を送ってきた。

このあいだは確かロンドンに行っていたはずだ。夫婦仲よくしょっちゅう海外旅行に行っている。

いいなぁ、この人は会社を子どもに譲って後は楽しむだけの人生。七十を前にしてお金はいっぱいあるのだ。

私みたいにあくせく働いている人間とは大違い。そりゃわずかには貯めたお金はあるけれど、

「ボケたらどうしよう」

という心配が先に立つ。うちは長生きの家系で、父は九十二、母は百一歳まで生きた。もし早めにボケたとしたら、お金は相当に必要だ。

夫だっている。うちの夫のように、独断的でワガママな爺さんは早くボケるそうである。い

くら仲よくないからといって、ボケ老人をほっぽり出すわけにはいかないだろう。そうなると老後のお金は二倍かかるのである。

雑誌を読んでいたら、ボケ防止にはピアノがいいと書いてあった。家の居間には、娘が弾かなくなったアップライトピアノが、ちょっとした荷物置場と化している。あれをどけてひとり練習でもしてみようか。いやいや、やっぱり歩くのがいちばんだな。このところ運動不足を痛感しているので、夜にでも歩いてみようかな。

幼なじみのA子ちゃんから写真が送られてきた。

「笑わないでね」

中学時代の同級生たちと温泉に行き、宴会でみんな仮装しているのだ。男性はアフリカの腰ミノらしきものを（ズボンの上から）つけ、女性はフラダンスの格好をしている。みんなすごく楽しそう。女性たち可愛い。

東京へ出ていった人たちも、ぼつぼつ帰省してきてメンバーが揃った。このトシになると、どこの大学行ってたとか、エリートとかまるで関係ない。みんな今はリタイアして、同じような境遇。するとやたら仲よくなって、しばしば飲み会や旅行に出かけているようだ。

「このあいだはマイクロバス頼んで草津行ったよ。バスの中でもずーっと喋りっぱなし。ビール飲んで、女子がつくった漬け物食べて、笑いっぱなし。みんながマリちゃんに会いたがってるよ。一回来なよ」

と誘ってくれるのであるが、忙しくてとても予定が立たない、とＬＩＮＥをうちかけてこういうのもイヤらしいかなとやめておいた。自分が現役なのを自慢しているみたいだ。ふーむ、むずかしい。

そんな時、フジハラ君が茄子を持ってきてくれた。フジハラ君も高校の同級生の中では数少ない現役。何かのコンサルタントをしていて、しょっちゅうお金持ちや有名人とワインを飲んでいる写真を送ってくる。そしてとてもマメなところがある彼は、山梨からよく野菜や果物を届けてくれるのだ。

ちなみに茄子は私の大好物。煮びたしも好きだが天ぷらにしてもおいしい。が、いちばん好きなのは「油ミソ」かもしれない。

「油ミソ」は山梨県のソウルフードである。いや、山梨というよりも私の育った峡東地域というべきか。

大きなフライパンに油をひいて、ショウガの薄切りをほうり込む。そしてザクザクに切った茄子と玉ネギ、ピーマンを炒め砂糖と味噌で味つけをするというシンプルなもの。

が、これを穫り立ての野菜でつくると、そのおいしいことといったらない。ひとりで大皿をぺろりと食べてしまう。フジハラ君は朝、山梨で収穫した茄子を持ってきてくれたのだ。しかも冷蔵庫には、前にもらった彼のお姉さん手づくりの味噌がある。油ミソをつくらない法はないでしょう。さっそくスーパーでピーマンを買ってきてつくったところ上出来の故郷の味。

「フジハラ君、ありがとうねー。茄子で久しぶりに油ミソをつくったよ。茄子と味噌がおいしいからいくらでも食べられたよ」

とLINEを送ったら彼から返事が。

「また持ってってやるよ。そういえば久しぶりにBが帰ってくるから皆で飲まないか。A子ちゃんも呼んどくよ」

B君というのは、実は高校時代の私の憧れの人である。背が高くてサッカー部のエースで、頭もいい。東京教育大学（今の筑波大学）を出て学校の先生になるかと思ったら、すぐにブラジルに渡ってしまった。

「本当にカッコいい人で、私は時々サンドウィッチの差し入れを持っていったの」

などということをどこかに書いたら、それをB君のお母さんが読んでくれたらしい。

「サンパウロでまだ独身でおりますので、よろしかったらつき合っていただけませんか」

という手紙をいただいたのが、今から四十年近く前のこと。もちろん私は独身で、ことのなりゆきに胸がドキドキした。こんなことってあるんだろうか。お母さんからお許しが出るなんて。もうデビューしてあれこれにぎやかな時であったが、初恋の人と結ばれる、というのも運命かもしれないワ。しかしブラジルはあまりにも遠過ぎる。そんな時に今は亡き文藝春秋「エンマ《Emma》」という雑誌からこんなオファーが。

「ハヤシさん、うちのグラビア取材で世界中どこか行きたいところありませんか。どこでもいいですよ」

昔の出版社は景気がよかったのだ。

「やっぱりリオのカーニバル、一度見たかったの。サンパウロにも行きたいし」

そして私はB君とサンパウロで再会を果たすのである。しかし彼はフィアンセをつれてきた。日系人の綺麗な人であった……。

そのB君はこの頃よく日本に帰ってくるらしい。このあいだも一緒に飲もうとフジハラ君に誘われていた。そして十一月中旬にまた帰国するんだと。誘ってくれてありがとう。

フジハラ君はいつも私と、過去や故郷を繋いでくれる。三年前はコロナで死にかけたが無事生還を果たし、二ヶ月前盛大な古希のディナーパーティーがあった。が、その時は私がコロナにかかった。お互い体には気をつけよう。

# 緊急要員

最近新聞のコラムに、

「朝ドラが新しく変わるのは、まるで大人の新学期のよう。そしてヒロインは私のクラスメイトになる」

と書いたことがある。

このクラスメイトとも相性があって、大好きになるコと、ちょっとな……と思う時がある。しつこいようだが、このあいだの「ちむどんどん」村からやってきた女の子は、今まで見たことがないほど可愛気のないコだったなぁ……。しかし今回の「ブギウギ」のスズ子ちゃんとは、すぐに大の仲よしになった。毎朝彼女の顔を見ないと一日が始まらない。

今、スズ子ちゃんは羽鳥先生のところで、歌のレッスンに必死だ。先生はやさしい顔をしながらとても厳しい。

「ジャズってのはもっと楽しく歌うんだ。そんなんじゃない」

まわりの人たちも彼女を励ましているが私は不思議でたまらない。どうして羽鳥先生は彼女をダンスホールに連れていってあげないんだろう。レコード一枚聞かせてあげてもいい。勘のいい彼女のことだ、すぐにあのリズムと雰囲気を身につけるだろうに。

いや、今日現在はそうでも、来週はスズ子のダンスホールで踊るシーンがあるかもしれない。朝ドラの展開は、時々こちらをドキッとさせるからな。

さて私はテレビはよく見るし、芝居や歌舞伎も行く方だと思うが、映画はとんとご無沙汰している。なぜなら時間が中途半端なのと、チケットを買えばすぐに入れる、という心理がかえって映画を遠ざけてしまうのだ。

三連休の初日、話題の映画を観ようと思いたった。スコセッシ監督の『キラーズ・オブ・ザ・フラワームーン』、三時間二十六分の大作だ。こういう時、私は近所のママ友を誘う。彼女は専業主婦のうえに、お子さんも手を離れたので声をかけるといつでもオッケーしてくれるのだ。

「嬉しい。あの映画、私も観たいと思ってたの」

しかしひとつ気がかりなことが。それはトイレ問題である。

「三時間二十分なんて、トイレが近い私はとても無理」

彼女が言えば私も、

「何年か前の『ミッション：インポッシブル』もダメだったわ。水分とらなかったのに」

二人でいろいろ相談して、トイレに行きやすい右側の通路側をとることにした。しかし同じことを考える人はいっぱいいたみたいで、

「右側がぎっしり埋まってる」

やがて彼女から、

「だから左側の通路側の席をとったよ。そこなら階段降りて右をつっきれば、トイレの方に出られる」

しかし行って驚いた。左側の通路のいちばん上ではないか。階段がすごく長い。

「ヤダ、私、暗い中の階段苦手なのよ。もし落ちたらどうしようかと思うと体が震えるの」

トイレを我慢するために、ポップコーンと共に買ったコーヒーも、

「利尿作用がある」

という忠告の下、飲まないようにした。

そして長ーい映画が始まったのであるが、さすがスコセッシ監督、淡々とした描写ながらどんどんひき込まれていく。最後のエンドロールも余裕で途中まで見ることが出来た。七時からの回なので、帰りは十一時近い。

「やっぱりね、いい映画はいいよねー」

帰りのタクシーの中、二人で口々に言う。帰るところが、二軒しか離れていない、というの

は何ていいんだろう。さっと行ってさっと帰れるのである。

「日曜日は歌舞伎行くんだ。仁左衛門さんが出るんで、すっごく楽しみにしているの」

しかしなぜか私の場合、歌舞伎の直前に急用が入ることになっている。何度チケットを人に譲ったことであろう。その日もそうであった。

一緒に行くはずだった友人に前日LINEをする。

「ごめんなさい。誰か友だちと行ってくれないかしら」

「そんなこと急に言われても。友だちもみんな予定あるよ」

とちょっとムッとしたようであるが、お姉さんを誘ったという。こういう時の〝緊急要員〟は誰しもが持っているものであるが、彼女の場合はお姉さん、私の場合は近所のママ友なのだ。

ついこのあいだのこと、三駅離れた和食屋さんに夫と行くことにした。駅まで行きかけたら向こうからタクシーがやってきた。手を挙げてそれに乗ったら、夫がぶつぶつ。

「どうして電車に乗らないんだ、ここまで来て」

「私は今、ヒトサマからジロジロ見られる身の上。マスクをしていても電車には出来るだけ乗りたくないの」

「いつも行きあたりバッタリなんだよ」

「タクシー来たから乗って、何が行きあたりバッタリなの⁈」

といつものように口喧嘩が始まったら、夫は「もういい！」と怒り、タクシーを降りて、どこか別の方向へ足早に行ってしまった。

さて、困った。カウンターには二人分の用意がされているはずである。こういう時に頼るのは、あのママ友なのだ。すぐに、どんな時でもすっとんできてくれる。好奇心にとんでいて食べることが大好き。しかも彼女のダンナさんは留守がちのうえ、料理は自分でつくる。おいしい店の名を言えばすぐに来てくれるはず……。

しかしどういうわけか電話に出ない。こうなったら秘書に頼むか……。舗道《ほどう》に立ち途方にくれていたら、夫から電話が。

「どうしたの、店の前にいるよ」

腸《はらわた》が煮えくり返りそうであるが、ひとまず胸をなだめそしらぬ顔をして二人でご飯……。

結局歌舞伎のチケットは、私が近くの喫茶店まで持っていった。お姉さんも加わり三人でしばらくお喋り。いろいろな愚痴を聞いてもらう。友人いわく、

「すごいわね、マリコさんのことはきっと朝ドラになるわ」

みんなで笑った。

# とにかく眠る

幕が切って落とされたように、冬がやってきた。ついこのあいだまで夏ものを着ていたのに、最近はコートを羽織る。日本から秋が無くなるというのは本当かもしれない。

あのぴんと張りつめたような空気、高く澄んだ空、そして豊かな秋の味覚といったものが味わえないというのはとても残念なことだ。いや、残念というより怖ろしいことかもしれない。

今朝は久しぶりに厚手のスーツを取り出してみた。引き出しを開けインナーを選ぶ。薄い黒のニットがあった。それを着て胸のところに小さなゴミがついているのを見つけた。はらおうとして気づいた。虫が喰っている。

「ひいー！」

ふんぱつして買った、カシミアのブランド品である。どうしてムシというのは、高価なものから狙うのだろうか。ちゃんと防虫剤を入れておいたのに本当にひどい。仕方なく別のものにしようとしたのであるが、薄手の黒が見つからない。あちこちひっかきまわしているうちに、次第に気がたってくる。

やがて九時になり、ＬＩＮＥが入ってきてイヤなことを知らされる。シリアルを食べようとして牛乳が切れていることに気づいた。

最悪の朝のスタートだ。

それでも心を落ちつけ、化粧を始める私である。今夜は久しぶりに会食が入っているのだ。仲間やいろいろな人が、食事に誘ってくれるのであるが、最近はドタキャンばかり。本当にいつなんどき、どんなことが起こるかわからないからだ。今日は親しい出版社のえらい人と担当者と一緒に、和食のお店に行くことになっている。

その和食屋さんは、カウンターと小さな個室というまあふつうの店なのであるが、特筆すべきことは、板前兼オーナーが女性だということ。しかも彼女は山梨出身なのだ。

「ハヤシさんがきっと気に入ると思って」

と、今日会う人に連れてきてもらったのはもう四年ぐらい前になるだろうか。ここは鳥モツが出る。山梨のＢ級グルメとしてあまりにも有名な一品だ。鳥のモツを甘辛く煮つけてある。ビールにも日本酒にも合って、やみつきになるおいしさだ。途中でフカヒレの煮込みが出るが、熱々で運ばれてきてジュジュッとかすかな音をたてる。

板前の女性も若いが、きびきびと料理を運ぶ女性も若い。この店は女性二人のチームワークでやっているのだ。店の名前は、オーナーの苗字をとってHという、これがまた山梨に特に多い苗字なのである。お節介な私は、この店を山梨出身の人に教えずにはいられない。

某出版社の社長（今は会長）には、同郷のよしみでいろいろとお世話になっている。この方の苗字はやはりHという。

「いい店がありますから」

とお誘いした時、

「Hと言って社長と同じ苗字ですから、愛人にやらせている店、ということにしたらどうですか」

と冗談を口にしたのであるが、大層真面目な方なのでびっくりした顔をされた。反対に人を連れてくるたびに、

「実は娘にやらせてまして」

と言って煙にまくらしい。

コロナの真最中、ちょっと心配になって顔を出したところ、

「〝お父さん〟が助けてくれてますから」

ということ。しょっちゅう何人かで来てくれたり、テイクアウトしてくれるそうだ。私が結んだ親子の絆、いい話ではないか。

さて今夜のこと、久しぶりに出版社の人と食事をしてとても楽しかった。業界のいろいろな

噂話になる。

「このあいだ二十五年ぶりに、札幌の渡辺淳一文学館に行ってきましたよ」

大学の校友会に出席するためホテルに泊まったところ、そこから文学館まで目とハナの先だったのである。

「私とのツーショットが多くてびっくり」

なぜか私が着物姿で、先生にお酌をしているものもあった。たぶん先生と京都に遊びに行った時のものであろう。

「あの頃は本当に楽しかったですよねー」

三人ともバブルを経験しているので、昔話にもつい熱が入る。

「小説を連載していると、担当編集者が必ずといっていいくらい言ってくる。ハヤシさんどっか海外行きましょうよって」

そしてストーリイに関係なく、恋人二人はヨーロッパやアメリカに行くことになっているのだ。国内では京都ははずせない。

「そういえば、あなたともタイへ行ったよね。なんか編集者三人もついてきちゃって、みんなオリエンタルホテルにも泊まったよね」

「夜、飲みに行ったところでボラれて、えらい騒ぎになりました」

などと話は尽きないのであるが、ご飯をご馳走になりながら、のんびりノスタルジアにふけったりするのは出版社のマナーに反する。

「ところでハヤシさん、そろそろ小説の連載しないとまずいですよ」

「そうだよ、ハヤシさん、書き方忘れちゃうよ。不定期でいいから何か書いてみない」

と言われても、今、私はそれどころではない。毎日何が起こるかわからないという波乱の日々なのだ。

「だけど人間、眠らなきゃ絶対にダメ。私はどんなにイヤなことがあっても、毎晩ぐっすり眠れますよ。食欲もご覧のとおりあります。人間、よく眠って食べていれば、たいていのことは乗り切れますよ。とにかく私は眠るの。友だちから分けてもらったナントカ菌のジュース飲んで、ヤクルト１０００をキュッ。まわりの人たちからは、ハガネのメンタルと言われてます」

「それですよ、それ！」

編集者は叫んだ。

「新書出しましょうよ。『メンタルが強くなる』、これでキマリ」

鳥モツが急に喉を通らなくなった。

# 羽生クンたら

私も今、ヒトさまからいろいろ言われている立場なので、ヒトさまのことをあれこれ書くのはむずかしい。

しかし言わずにはいられないのである。

羽生クンの離婚っておかしくないですか？

彼のような超有名人が、結婚するというのは大変なことであったろう。熱狂的なファンもいっぱいいる。どんな人と結婚してもあれこれ言われるのはわかっている。いまはこんなネット社会だ。たとえ一般人だとしても、あることないこと、書かれるのは予想出来る。だからといって……。

話は変わるようであるが、私は「週刊新潮」の「結婚」欄が大好きだった。ちょっと前まではセレブや、芸能人以外の有名人の結婚話が書かれていたものだ。この私も三回ほどネタを提供したことがある。

知り合いのオーナー企業の社長や、老舗の後継ぎなどもみんなこのページの取材を受けたという。一種の社交欄であった。が、今は聞いたことのないプロゴルファーとかお笑い芸人といった人ばかり。かなり方向が違ってきた。

「もうあそこに出よう、というセレブの方はいなくなりましたね」

と関係する編集者は言ったものだ。

「こんな世の中ですから、結婚する二人に、何かネット被害が出ないとも限りません。花嫁になる人について、昔は結構遊んでた、とか、誰とつき合ってた、なんて書かれたら目もあてられませんからね」

羽生クンもそのことがわかっていたから、相手の女性を詳しく言わず一般人ということにしたのであろう。一般人……。曖昧な言葉である。普通の女性、という意味であろうが、少しでもテレビや舞台に出ると、この呼称はいただけないことになっている。

何年か前、超有名タレントさんが、〝一般人〟との結婚を発表したが、「元お天気お姉さん」ではないかと一部のマスコミが騒ぎ出した。が、ちょっと我慢すれば、そんな騒ぎはすぐに終わる。そのタレントさんはあれこれ反論することもなく、淡々と奥さんを守ったのである。

羽生クンがご結婚すると聞いた時、私はある危惧を抱いたものだ。

「あのナルシストの方が、本当に結婚なんか出来るんだろうか」

ナルシスト、という言葉を使うと、ファンの方に怒られそうであるが、そうだからこそあれだけの偉業を成しとげられたのだと私は考えている。自分をすごい存在と思い、多くの人たちから渇仰されているスーパースター。ナルシズムとは、とことん自分を信じることだ。

私だけではない。先週の本誌でも精神科医の方がおっしゃっているではないか。

「お相手よりご自身や肉親を優先した印象を受ける。自己イメージの失墜《しっつい》を過度に恐れる『過剰警戒型のナルシシスト』とも言えます」

確かに年上の元バイオリニスト、と聞いてからマスコミはかなり意地悪になった。失礼ながら、自分ひとりで有名コンサートホールをいっぱいにするレベルの方ではないらしい、というようなことをにおわせながら。

「貴賓《きひん》席に年上妻降臨か」

と書いた女性週刊誌もあった。

こうしたことが羽生クンには我慢出来なかったに違いない。愛する人をケナされたら、それはまっすぐ自分をケナされたことだ、と思ったのであろう。確かにマスコミはいけない。何も悪いことをしていない相手の女性を、ねちっこく書き始めたのである。

が、だからといって即、その「ケチがついたもの」を切り離すというのは私は間違っていると思う。どんなことをしても守り抜いて、二人で幸せにならなくてはならないのだ。

加トちゃんの若い奥さんの例を見てほしい。結婚したては「金めあて」だとか「脂っこいものばかり食べさせる」と、あまりの書きようであった。が、加トちゃんは奥さんを最高の女性と言い続け、マスコミから庇った。そして奥さんは介護の資格もとり、今では素晴らしい伴侶ということになっているのである。

また羽生クンや加トちゃんのようなスターの方々の後に、自分のことを言うのはナンであるが、私の結婚の時も、さんざんマスコミからイヤなことをされた。当時はネットとかそういうものがなかったけれど、わざわざ夫の家に電話をかけてくる人だっていたらしい。

当時は一般人は実名を出さない、というルールがなく、サラリーマンの夫も、突然混乱の中に陥ったのである。が、夫はそれに耐え、ちゃんと結婚までこぎつけた。

今日、私がどんなイヤなめにあっても、別れるのをなんとか思いとどまっているのは、その時の夫の態度を忘れないからである。

ところで今日、ラグビーの早慶戦があった。いつものようにフジハラ君から誘いが。

「休日だし応援に行こうよ。終った後、二十人ぐらいで祝賀会もあるよ」

私はいろいろ用事があったのであるが、フジハラ君はこうつけ加える。

「ハヤシが来るなら、あいつも呼んどくよ。飲み会だけ来たら」

その人のことを憶えておいでだろうか。今はサンパウロに住んでいる、高校時代の私の憧れの人である。サッカー部で活躍していてしかも秀才。その彼が一時帰国しているというのである。そんなわけで六本木の中華料理屋さんに。三十七年ぶりに会った彼は、すっかりシニアに

なっていたが、端整な顔立ちはそのまま。背筋もぴしっと伸びている。フジハラ君がひとりひとりのスピーチの際、

「ハヤシにコクられたか言え」

としつこかったが、それは品よくスルー。

もし再会後、あれこれ芽生《めば》えたら迷惑をかけていたかもしれないという妄想は、ほんのかすかにわき、すぐに消えた。

## カレンダーとスマホ

暮れになると、いくつかのところからカレンダーをいただく。

大きな豪華なものもあるが、わりと嬉しいのが小さな卓上カレンダー。友人が昨年、宝塚のスターさんのものをくれた。それをテレビの横に置いて、いつも美しい姿を楽しんでいる。私が毎週通うバレエ・ヨガ（寝っころがって脚をバタバタさせるもの）の仲間は、熱狂的なヅカファンの集まり。そもそもどうしてこのヨガをみなで習い始めたかというと、いつか七人でラインダンスを踊りたいという願望によるものだ。ゆえにグループＬＩＮＥの名称も「夢組」という。彼女たちはしょっちゅう、三、四人の単位で博多や本場宝塚の公演に出かける。◯◯さんがどうした、△△さんの今度の公演見た？　と、毎回毎回その話題がとびかう。宝塚にはあまり詳しくない私には、ちんぷんかんぷんだ。

その中の一人が今年の正月、

「〇〇さんから、夢組にカレンダーいただきました」

と配ってくれた時は、わー、キャーッとすごい騒ぎであった。ファンでもカレンダーをいただけるということは、すごい特権らしい。

が、来年はどうであろうか。いろいろな事件に、ヅカファンの皆はずっとふさぎ込んでいる。

そして今日月刊誌「味の手帖」と附録のカレンダーが届いた。これが可愛いの何のって。一辺二十センチくらいの正方形で、食べもののイラストだ。表紙はおにぎり、一月二月は鍋、三月四月はお団子、最後にきて、十一月十二月はすっぽんだ。これは仕事場に飾ろう。

そうそう、亡くなられても瀬戸内寂聴先生の卓上カレンダーも送られてくる。先生の若々しいお顔と有難い言葉が綴られていて、これは居間の棚の上に置く。

カレンダーというと思い出す光景がある。山梨の小さな書店、林書房でも毎年年末になるとカレンダーをつくる。もちろんどこかがつくったものの下に、名前だけを入れたもの。しかし古代の象形文字の絵とか、わりとセンスがよかったような。くるくる巻いたそれを持って、父が学校にやってくる。そしてお得意さんの先生の机の上にだけ、それを置いていくのだ。

学校で仕事にやってくる父を見るのは、ちょっと恥ずかしいような気分。バイクに乗ってくる父親を窓から眺めたのは、もう遠い昔のこと……。

ところで私のまわりの若い人たちは、カレンダーなど見ないし、持っていないという。

「だってスマホを見ればいいんだし」

予定を手帳に書き込んだりするのは、もうかなり年代が上の人だ。

「来月の七日、予定どうですか」

などと言おうものなら、みんなさっとアプリを開く。

なんでも入れていて、なんでもわかるスマホ。スマホは現代人の命綱といおうか、全てを担っているもの。だから紛失すると大変なことになる。

ソコツ者で知られる私であるが、スマホを失くしたことはない。時計は二回、はめていて落とし、涙が出るほど口惜しかったことがある。が、スマホは紛失経験はなく、ただ一度、タクシーの中に忘れたことがある。その時は親切な運転手さんがすぐに届けてくれた。私はそこに来るまでの料金くらい払うつもりであったのに、お店の人に渡してすぐに立ち去ったらしい。運転手さんに申しわけないことをした。

先週のことである。友人たち何人かで食事をすることになった。そのうちの一人が到着するやいなや、

「スマホを失くした」

と真っ青になった。タクシーの中に忘れてきたという。領収書をもらっていたのですぐに連絡したが、ひっぺがして探しても座席にないという。私も彼のスマホにかけ続ける。ちゃんと鳴っている。誰でもいいから早く出て。

「そういえば」

と一人が言った。

「ここに来る前の野球場であなた缶ビールやおつまみの空袋を、ビニール袋に入れて持ってたじゃない。その時、左手にスマホ持ってたよ」

「そうだよ、きっとそうだ」

彼はそこにいた友人と二人、すぐに車で野球場へ向かい、席の近くのくず箱を見せてもらった。しかしやはり見つからない。今だと位置特定が可能なのであるが、オジさんなのでそういう設定をしていなかったのだ。

私は次の日もその次の日も、彼のスマホに電話をかけた。電池はあるらしくけなげに鳴り続ける。いったいこの都会のどこにいるのか。どこかのくず箱の中か、ひょいと置いたどこかの塀の上か。

しかしこの東京で、誰にも見つけられずにスマホがひっそりと存在出来る場所があるのだろうか。

スマホよ、スマホ。

あなたは今、どこで孤独に呼吸しているのだろうか。

時折、あなたの眠りは破られる……。

持ち主やその友人たちが、あなたの体を震わせる。そのたびにあなたは小さな悲鳴をあげるが、その声は誰にも届かない。

スマホよ、スマホ。

あなたの寿命はもうじき終わるだろう。

あれほど酷使された人生は、永遠の眠りにつく……。

こんなヘタな詩をつくった三日後、

「新しいのを買ったよ。もうOK」

と友人からLINEが届いた。

そして同じ日、弟からLINEが。

「Y子（娘の名）が、出張先のロンドンでスマホを盗まれました。しばらく連絡出来ないけど心配しないでと」

姪のスマホはロンドンの誰かの手に渡った。これはおっかなくてとても電話出来ない。「ハロー」と犯人が出たらどうしようかと。

# ○○○○菌の朝

先週は私の記事が載り、お騒がせいたしました。

さすが、

「親しき仲にもスキャンダル」

がモットーの週刊文春らしく、コワい私の顔のアップもばっちり。事実と違っていることはいくつもあるけれど、係争中の身の上ゆえ、何も言えない。

しかし私が人を陥れたり、悪だくみをするような人間ではないことは、はっきり言える。

私にとって口惜しいのは、

「あなたは週刊文春だとか週刊新潮と親しいんだから、記事を抑えられるでしょう」

などと、人からさんざん言われること。

私はこの件に関して、文藝春秋の社長（かつて私の担当者であった）や編集長、現在の担当

者に連絡したことは一度もない。例外は先週かかってきた、

「ちょっと話を聞かせて」

という電話だけ。もちろんノーと答えたが、これは編集者として、作家としてのプライドによるもの。あたり前のことだ。

そういえば担当者から言われたことがある。

「ハヤシさんは連載に、日大の〝二〟の字も書かなくて本当にすごい」

そう、毎朝うちの前をマスコミが囲んでいた時も、ありもしないことでネットで叩かれても、努力して〝二〟の字を書かなかった。面白く楽しいことだけを書いてきたつもり。

それなのに、ついに書いてしまったではないか。ああ、口惜しい。これもそっちが書いたせいだ。私のせいではない。

いやいや、もう切り替えて、楽しいことを考えましょう。

つい先日のこと、国立競技場に出かけた。川淵三郎キャプテンの、文化勲章受章をお祝いするセレモニーがとりおこなわれたのである。夫人と一緒に入場するキャプテン。最後に、

「皆さまの前で、妻にお礼を言いたいのでお許しいただけないでしょうか」

大拍手。キャプテンは泣きながら夫人をハグした。そしてこうおっしゃった。

「私の願いです。どうか私より一日でも二日でも長生きしてください」

私は感動のあまり、目頭が熱くなってきた。なんて素晴らしいご夫妻なんだろう。お二人に

時折、おめにかかる機会があるが、夫人は美しくたおやかで、雰囲気が八千草薫さんにそっくり。たぶんお若い時、大恋愛で結ばれたであろうお二人は、今でもとても仲がいい。お年をとられた夫婦が、ここまで愛し合っているのって、なんて素敵なんだろうかと、私は自分のことをおおいに反省したのである。

さだまさしさんの歌にもある。そう「関白宣言」。

「俺より早く逝ってはいけない」

俺が死ぬ時は、

「お前のお陰でいい人生だったと　俺が言うから必ず言うから」

夫婦はこうありたいものである。

つい最近、小池真理子さんの『月夜の森の梟《ふくろう》』の解説文を書かせていただく機会があった。あの大きな反響があったエッセイが、今度文庫になるのである。小池さんが、亡くなった夫、藤田宜永さんのことを綴ったものだ。

単行本の帯にはこうある。藤田さんがつぶやいたのだ。

「年をとったおまえを見たかった。見られないとわかると残念だな」

これはなんとすごい愛の言葉だろうかと私は書いた。目の前の妻は、未だに若く美しい。しかしこの先、老いていくだろう。その人生を共に歩めないことは、夫にはつらく悲しいのである。

この時の藤田さんの心境を思うと、また泣けてくる私である。

とにかく夫婦は、仲よく健康で長生きしなくてはならないのだ。

私はこの頃会う人ごとに聞かれる。

「体は大丈夫なの？」

私は答える。

「毎日、ぐっすり七時間寝てる。夜、枕に頭をつけると三分以内に眠れるの」

前にもお話ししたかと思うが、バレエ・ヨガの仲間から◯◯◯◯菌の種をもらった。この名前を言ってもいいのであるが、ネットで賛否両論、ものすごくいい、という人と、タダの雑菌、という人がいるから伏せる。昔、大流行した紅茶キノコを思い出してくださるといいかもしれない。

これをリンゴジュースに混ぜて一日置くと、やがて泡がもこもこ出てくる。夏だと半日ぐらいで発酵《はっこう》する。これを眠る前に、コップ一杯飲む。そして朝はヤクルト１０００。このヤクルトは今、入手困難であるが、日大本部では毎金曜日、ヤクルトレディが来てくれるので必ず買っておくのである。そして十年来、愛飲している朝鮮ニンジンのジュース。搾りたての生ジュースが毎月、冷蔵で送られてくる。

これは毎年、結構な額を一括して払い込む。なぜなら、私専用の畑をつくってもらうゆえに、途中で「やーめた」とされると困るからしい。夫の分と二人分なので、かなりの出費である。

が、やはり夫には長生きしてもらいたいので、これはケチらない。

これとは別に、いつもうちの台所には、発酵中の◯◯◯◯菌の瓶が置かれていて、ちょっと不気味だ。が、口うるさい夫が、これについては何も言わない。私が毎晩ぐっすりと眠っていることを知っているからだ。トイレにも起きたことがない。

私は毎朝目覚ましの音で起きる。夫はまだ眠っている。エイヤッと起きて階下に行く。エアコンを入れ、コーヒーメーカーをセットし、あの朝鮮ニンジンジュースを、二つのコップに注ぐ。テレビをつける。テレビはＮＨＫのみ。

テーブルには三紙の新聞が置かれている。

毎朝のようにいろんなテレビ局が、私の出勤風景を撮りに来ていた。そのため、朝、六時半頃、夫はいったん起きて新聞を取りにいってくれているのである。◯◯◯◯菌とこの新聞が、私に平穏な朝を届けてくれるのだ。いい話ではないだろうか。

## 謦《けい》咳《がい》に接する

先週号の「週刊文春」の草笛光子さんのエッセイで、懐かしい名前があった。「岩谷時子さん」と。

その何ページか後で宮藤官九郎さんが、山田太一さんを悼んでいる。

このお二人に私はおめにかかったことがあるのだ。岩谷さんは、車椅子に乗った晩年に。こういうのを「謦咳に接する」というのではなかろうか。

この言葉をググってみると、

「尊敬する人の話を身近に聞く。お目にかかる。咳もありがたいということ」

とあるが、私の感覚からすると、短い時間という気がする。私の場合、

「瀬戸内寂聴先生の謦咳に接する」

とは言わない。

「瀬戸内先生に可愛がっていただいた」

しかし山崎豊子先生は違う。文学賞の授賞式で一度おめにかかり、ご挨拶をした。二分にも満たない時間。が、皆に自慢出来る経験。これを「謦咳に接する」と呼びたい。

松本清張先生もそう。文藝春秋の忘年会パーティーで、珍しいものを見るように、

「君がハヤシマリコか、ふうーん」

とおっしゃった。星新一先生は銀座の文壇バーで。その時一緒にいらしたのが、小松左京先生であった。

私はデビューが早かったので、こういう伝説の方々に間に合ったのだ。

思い出すとどんどん出てくる。そう、あの李香蘭さんにも。劇団四季のミュージカル『李香蘭』の初演の日、トイレの列に並んでいたら、向こうから李香蘭こと、山口淑子さんが歩いていらっしゃるではないか。私は思わず、

「あ、今日はおめでとうございます」

と声をかけた。するとあちらも私のことをご存知らしく、

「あなたもこのたびはおめでとう」

とおっしゃってくれた。実は私、結婚をしたばかりだったのだ。

そうそう、先週号に、網野善彦さんのことも出ていた（業界が違うので〝さん〟づけで）。あの方にも一度だけおめにかかったことが。山梨県がらみの何かの選考会であったと記憶して

いる。網野さんは、私が知っている中沢新一さんの義理の叔父さんなのだ。

「私、新一さんと山梨で近所で……」

と近づいていったら、

「ああ、そうなんですね」

とにっこりされた。

空港の食堂でひとりお食事を召し上がっていたのが梅原猛さん。梅棹忠夫さんにも空港で偶然おめにかかり、ご挨拶をした。

漫画家だと巨匠がずらずら。これは対談となるが、やなせたかしさん、さいとう・たかをさん、手塚治虫さん。手塚先生には色紙を書いていただき、これは私の宝物となった。

などとあげていくと、ミーハーの自慢話ととられそうであるが、私にとっては偉大な方々と、ちらっとでも会話を交わせたことは本当にすごいことだったのである。もはや歴史に刻まれる方々と、同じ空気を吸っていたと思うとやはり興奮する。

そういえば亡くなった私の父は、忠犬ハチ公の実物を見たと自慢していた。銅像をつくる時、当時勤めていた銀行がかかわっていた。そのため除幕式の手伝いをしたそうだ。母の方は、昔住んでいた新宿区の落合のあたりで、林芙美子さんをよく見かけたそうである。

五木寛之先生がずっと以前、林芙美子に触れ、

「今の林真理子さんのような人気作家でした」

と書いてくださったことがある。たぶん同じ〝林〟なのでそう連想なさっただけだと思うが、母はよほど嬉しかったのであろう。この箇所にマーカーを引き、本を死ぬまで手元に置いていた。

この五木先生であるが、私が、

「お会いしたことがある」

というと、たいていの人がえー！　と驚く。なぜなら若い人たちにとって、五木先生は教科書に載るようなすごい方で、アンタなんかと格が違うわよね、と思っているのではないかと推測する。

「このあいだまで、ある文学賞の選考会をご一緒していた」

というと、さらにえー！と言われる。ちょっと悲しい。

二年前、ある地方のイベントに出た。新幹線の駅までは車で一時間近くかかる。ゆっくり居眠りしたかったのであるが、運転手さんがものすごく話好き、しかも読書が趣味という。時代小説のファンで、私のことは知らない。

「いつもブックオフで、この人の本買ってくるんだ、ほら」

文庫本を差し出す。

「お客さん、この人のこと知ってる？」

「いいえ、存じ上げません」

「えー‼　ベストセラー作家なんだよ。何十万部もシリーズ売れてるよ」

「そうですか。時代小説の新人はうとくて……」

「ふうーん……」

ものすごく不満そう。

「お客さん、作家なんでしょ」

「はい、そうです」

「あのさ、浅田次郎に会ったことある？」

「ええ、いろんなところでお会いしますよ」

「えー、本当⁉」

どうしてあんな有名作家と、アンタが知り合いなんだと言いたげな口調。その後、

「作家ってさ、自分で作家って名乗れば作家になるらしいね。ハハハ」

とまで言われ、かなりむっとした。

「それでお客さん、どんなもの書いてるの、何が代表作なの？」

ここまでくると、温厚で知られる私でも、イヤ味のひとつも言いたくなる。

「まあ、申し上げても、ご興味ない方にはわからないと思いますけれどもね」

「だから言ってくれればブックオフで探してみるよ」

「まあ、私の本は読んでも面白くないと思いますので」

ここで彼もやっと黙ってくれたのである。

今後いくら頑張っても、彼が私の名前を憶えてくれて、「謦咳に接した」と思ってくれる日は来ないに違いない。

## 結成しました

山梨に引越した人が、まず驚くことがある。前にもお話ししたが、それは〝無尽《むじん》〟についてである。

車で通っただけでもわかると思うが、街のいたるところに看板が出ている。

「宴会、無尽にどうぞ」

宴会と無尽とは違うのか、実態は果たして何なのかと私もよく聞かれる。無尽というのは、日本中ふつうにあるものだと思っていたがどうも違うらしい。

庶民の銀行というべきものか。一ヶ月に一度ぐらい集って飲み喰いをする。その時五千円とか一万円を出してお金を積んでいく。そのうち、

「子どもが大学入るから」

「車を買いたい」

などとちょっとしたお金が欲しい人が、そのお金をいったん借りる。そして無利子かちょびっとつけるかするのだ。万が一返さないようなことがあると、その人は土地から永久追放という掟がある……。

というのは、半世紀以上前、私が子どもの頃の話で、今では銀行の役目よりも親睦のためになっているらしい。みんなでお金を貯めて旅行資金にするのが一般的だという。

私の同級生など、働き盛りの頃は五つ、六つ入っていた。帰郷した時、何人かで鮨屋（山梨県人は異様にお鮨が好き）とか、ちょっとした料理屋さんに集まろうものなら、必ず誰かが無尽という名の宴会をしている。たいていは顔見知りで、高校の同窓生。

「おまんとう（お前たち）何年卒だ。よしよし、ビールでも飲め」

ということになるのである。

仲よきことは美しき哉《かな》。

大人になっても、みんなでご飯を食べる。なんか気が合ってすごく楽しいひととき。すると誰かが言う。

「このメンバーで定期的に会おう」

「いいですねー」

ということになり、○○の会とかが出来上がる。そういうのが五つ六つある。会うのは三ヶ月に一度ぐらいであるが、五つもあるとかなり忙しい。それに突発的な食事会が加わるのだ。

コロナや私のこの一連のゴタゴタで、そういう食事会がなりをひそめていたのであるが、この頃また始まった。それにまた新しい会が加わる。

ひとつは「ロッテンマイヤーさんの会」という名称である。あの「アルプスの少女ハイジ」に出てくる、おっかない教育係からとった。男性に全く興味がなくなった女三人で結成した。寄ると触ると、

「不倫をするなんてふしだら」

「女優の誰それは許せない」

と世の中に憤る。私以外は独身の五十代。

このあいだこの会で、金沢にお鮨を日帰りで食べに行った。もう食べることしか関心がないのだ。

「でもね」

私はそのうちの一人に言った。

「私たち、十年ぐらい前まで〝魔性の会〟をつくってたじゃないの」

「そうだったよね」

それは彼女と女優川島なお美さんの三人で集まったもの。川島さんは当然その名称をもらえるとしても、私たち二人は自称を名乗り図々しく便乗したのである。

どういう会かというと、お金持ちのおじさんに、おごってもらおうという趣旨であった。つ

まり川島さんの魅力によって、私たち二人がいいめにあおうとするもの。

しかし川島さんは正直な人で、おじさんの話がつまらないと平気で居眠りをしたりする。私と友人で盛り上げようと必死であった。

今でもテーブルに肘をついて、こっくりやっている川島さんの可愛らしい寝顔を思い出す……。

これはもう何年も前のことになるが、赤坂のそこそこのお料理屋さんに行った。途中トイレに行き、帰りぎわ左の戸を開けなくてはいけないところ、間違って右の戸を開けてしまった。

「あれー！」

びっくりだ。仲よしの女性が、おじさん二人とご飯を食べているところであった。

「マリコさんもおいでよ」

幸いなことに、左の部屋の男性、私たちの連れは、

「会社で緊急事態が起こって」

とデザートも待たずに帰ってしまったので、私と残された友人女性二人で、右の部屋に移動した。そしてわかった。

「こっちは蟹の脚が二本出ている」

私たちの方は一本だったのに……。まあ、そんなことはどうでもいいとして、その夜、宴は遅くまで続き、私は初対面の男性と蟹の脚を食べた。そして帰りしなに、

「またこうして集まりましょう」

ということになり「〇〇の会」と名づけられ、これは今も続いている。女性三人、男性二人という構成だ。コロナや、男性たちの運命にいろんなことがあり、ちょっとお休みしていたのであるが、新年会にて復活しようということになっている。

そして先日のこと、女友だちと二人で久しぶりに歌舞伎座に行った。

「面白いは面白いけど、こういうのってどうよ」

と彼女が帰りに寄ったおそば屋さんでつぶやく。

「なんか歌舞伎じゃないような気がする」

「まあ、いつも誰かが新しい歌舞伎を模索しているんだし」

「それでも、勘三郎さんはよかったよね、新しさの加減が。ちゃんと古典を大切にしていたもの」

「あぁ、懐かしいなあ。勘三郎さんと三津五郎さんがやってた新作」

「こういうのを、団菊ババアというらしいよ」

と私。本当は団菊ジジイと言うらしいが、昔の団十郎はよかった、菊五郎は素晴らしかったという通の年寄りのことだ。

「まあ、私たちはまだそのレベルじゃないけど」

そうしたら彼女から今日ＬＩＮＥが。

「団菊ババアの会を結成して、女六人で京都の顔見世に来てます」

行動が早い。

## 特別編
# 美智子さまからのお言葉「どうかゆっくりしていらしてね」

上皇后美智子さまが、このたび八十九歳の誕生日をお迎えになるという。前の香淳皇后は、九十七歳という長寿を全うされたので、美智子さまもこれからもずっとお健やかに長生きしていただきたいものだ。

それが美智子さまと共に生きてきた、私たちの願いである。

美智子さまへの憧れは、初めてお姿を拝見した四つの時からまるで変わらない。記者会見での様子を見て幼な心にも衝撃を受けた。

「世の中にこんなキレイな人がいるんだ……」

山梨の光明保育園。オカッパで洟をたらした私は、それ以来おもちゃの車をひくようになる。それに友だちを乗せ、毎日毎日庭を走るのだ。

「ミチコさまのお通ーり、ミチコさまのお通ーり」

浮かれていたのは私だけではない。ご成婚の時、町の商店街では、トラックに紙やモールの花を飾り、パレードの真似ごとをした。どこかのおじさんが白塗りをして美智子さまに扮していたことを、はっきりと憶えている。

ミッチーブームと庶民は大はしゃぎであったが、ご本人やご家族はどれほどのご苦労があったろうか。

私は一昨年、『李王家の縁談』という本を書いた。これは梨本宮伊都子を中心に、明治から昭和の皇族の世界を描いたものだ。彼女は少女の頃から克明に日記をつけていた。

私が、商店街の電器屋の店頭で見た記者会見を、彼女は小さなわが家のテレビで見ていた。戦後ほとんどのものを手放し、最後の土地を売って建てた家だ。

「午前十時半、皇太子殿下の妃となる正田美智子の発表。それから一日中、大さわぎ。テレビにラヂオにさわぎ。

朝からよい晴にてあたゝかし。もう〳〵朝から御婚約発表でうめつくし、憤慨したり、なさけなく思ったり、色々。日本ももうだめだと考へた」

こういう女たちの感情がいきかう中、美智子さまは嫁がれたのである。一時期かなりお痩せになり、ご心労が多いことははっきりとわかった。

先の香淳皇后はふっくらとして優し気でいかにも〝国母〟という感じがしたが、私たちはある場面を目撃してしまう。それは昭和天皇皇后両陛下が、アメリカに外遊される時だ。見送りに来た各皇族方ひとりひとりに、香淳皇后は挨拶されていたのに、美智子さまだけをスルーしてしまうのだ。

「皇室にも嫁姑問題があるのだ」

と世間は騒ぎ立てたが、その前からいろいろな問題はあったらしい。筆が立つ侍従長として有名な入江相政氏は、名随筆をいろいろと残しているが、このことは絶対に触れていなかった。が、亡くなってから日記が公開されると、香淳皇后が美智子さまのことを気に入らず、かなり意地の悪いことをおっしゃっているのがわかる。

しかし美智子さまには、私たち国民がついていた。特に女たちは美智子さまを崇拝していたといってもいい。

どんな女優もかなわない、気品ある美貌。お人柄の素晴らしさ。文学と音楽の素養。語学力も当時の日本人が身につけてはいなかったものだ。それに加えて美智子さまにはすぐれたファッションセンスがおありになり、お出かけの時のフォーマルな姿も、ご静養地でのカジュアルなパンツ姿も本当に素敵で、女性週刊誌のグラビアは毎週美智子さまの装いと決まっていたものだ。

美智子さまと被災地の人々との心の触れ合い。美智子さまが障害のある少女に温かい声援を送られた……。

そうした通りいっぺんの讃美の他にも、私たちは別の美智子さまを見て、感嘆してさらに尊敬の念を深くしていく。

皇太子妃時代に沖縄訪問をされ、ひめゆりの塔に花を捧げられた後、過激派のメンバーが、火炎瓶を投げつけた。その時、美智子さまはとっさに手を伸ばして殿下を守ろうとされた。その時の厳しいお顔は忘れられない。そしてこの方の覚悟と、背負わされたものの大きさを感じたのである。

全くすごい方だ。

そして皇后になられてからもご苦労は続く。ある時期、マスコミが美智子さまに対して、なぜか攻撃を始めたのである。もちろん女性週刊誌ではない。週刊文春が急先鋒になった。

昭和天皇が愛された樹木が、美智子皇后の悲願である新御所建設のために伐採されたという。

「どのような批判も、自分を省みるよすがとして耳を傾けねばと思います。……しかし事実でない報道には、大きな悲しみと戸惑いを覚えます」

といった、美智子さまにしては珍しいコメントをお出しになった後、失声症になられたのは痛ましいことであった。世間の美智子さまへの同情が集まり、一件落着という雰囲気になったのであるが、この時マスコミはある意味、味をしめたのではないかと思う。昭和も終わり、右翼の方々もかなりおとなしくなった。

「時代は変わった」

と皆が思った頃、皇太子のご成婚があり、雅子さまという非のうちどころがない女性がやってきた。が、雅子さまはやはり現代の女性であった。美智子さまが耐えてこられたことが大変な重圧となり、長く不調が続かれたことはご存知のとおりだ。ご長女の愛子さまが、お母さまのストレスを微妙に感じとられたのか、不登校になられたりした。この時は女性週刊誌が、あれこれ書いたものだ。かつては、行動のひとつひとつをお手本としていた女性週刊誌が、皇室の嫁姑問題や、教育問題についても言及し始めたのである。

「時代は変わった」

だからといって、反論出来ない方々に対し、こんなことまで書いていいのだろうかという不安の中、突然の秋篠宮美人姉妹ブーム。特に佳子さまの愛らしさ、気品はアイドル並みと評判であった。

そしてこんな風潮の最中、現れたのが小室圭さんであった。彼の存在がどれほど皇室を変えていったか。あと三十年ぐらいたったら検証する人が現れるに違いない。

十一月号の「文藝春秋」本誌では、美智子さまをネットで叩く人々のことが書かれていて私は憤った。

私たちの年代の女たちが共有する、美智子さまの思い出をこの頃よく嚙みしめる。

大学の同級生に、私よりもはるかにすごい美智子さまファンがいて、彼女のアパートへ行くと、いつも美智子さまの声を聞かされたものだ。それは女性誌の附録についていたソノシートだ。秋篠宮を出産なさった頃のインタビューが流れてくる。

「最近お痩せになったのではありませんか」

という記者の質問に、

「二児の母にもなると太ってもおられません」

とユーモアを交えてお答えになる。その声のまろやかさ、品のよさといったら……。私たち二人はうっとりと、何度でも何度でも聞く。私は彼女にこう言ったはずだ。

「私はね、いつか美智子さまに会いたい。それが私の人生の夢なの」

それは平成の終わりにかなうことになる。園遊会で私に目を止めてくださった美智子さまは、こうおっしゃったのだ。

「マリコさんね？　作家のハヤシマリコさん？　よくいらしてくださったわね。どうかゆっくりしていらしてね」

あのソノシートと変わらぬ声で……。

若い頃の美智子さまは本当に美しかったが、今の美智子さまは、静かなやわらかい美しさだ。

美智子さまはこよなく母上を敬慕していらしたので、こんな歌をお詠みになっている。

「子に告げぬ哀しみもあらむを柞葉《ははそは》の母清《すが》やかに老い給ひけり」

美智子さまもこの通りになられている。誰にも告げぬ哀しみを持つ人だけの貴さで、美智子さまはますます清やかに私たちの前にいらっしゃる。いつも、いつまでも。

（「週刊文春」二〇二三年一〇月二六日号）

初出「週刊文春」二〇二三年一月一九日号〜二〇二四年一月四・一一日号

林真理子（はやし・まりこ）
1954年山梨県生まれ。日本大学芸術学部を卒業後、コピーライターとして活躍。82年エッセイ集『ルンルンを買っておうちに帰ろう』がベストセラーとなる。86年「最終便に間に合えば」「京都まで」で第94回直木賞を受賞。95年『白蓮れんれん』で第8回柴田錬三郎賞、98年『みんなの秘密』で第32回吉川英治文学賞、2013年『アスクレピオスの愛人』で第20回島清恋愛文学賞を受賞。主な著書に『葡萄が目にしみる』『不機嫌な果実』『美女入門』『下流の宴』『野心のすすめ』『最高のオバハン 中島ハルコの恋愛相談室』『愉楽にて』などがあり、現代小説、歴史小説、エッセイと、常に鋭い批評性を持った幅広い作風で活躍している。『西郷どん！』が2018年のＮＨＫ大河ドラマ原作に。2018年紫綬褒章受章。2020年には週刊文春での連載エッセイが、「同一雑誌におけるエッセーの最多掲載回数」としてギネス世界記録に認定。同年菊池寛賞受賞。2022年野間出版文化賞受賞。近著に『小説８０５０』『李王家の縁談』『奇跡』『成熟スイッチ』がある。

# マリコ、アニバーサリー

2024年3月30日　第1刷発行

著　者　林《はやし》 真《ま》理《り》子《こ》

発行者　花田朋子

発行所　株式会社　文藝春秋
〒102-8008　東京都千代田区紀尾井町3-23
電話　03-3265-1211（代）

印刷所　TOPPAN

製本所　加藤製本

ＤＴＰ　言語社

万一、落丁・乱丁の場合は送料当方負担でお取替えいたします。小社製作部宛、お送りください。
定価はカバーに表示してあります。


ISBN 978-4-16-391819-8